Enrico Danieli
Konzert für einen Engel

Enrico Danieli

Konzert für einen Engel

Roman

Appenzeller Verlag

© 2000 Appenzeller Verlag, CH-9101 Herisau

Alle Rechte der Verbreitung, auch durch Film, Radio und Fernsehen, fotomechanische Wiedergabe, Tonträger, elektronische Datenträger und auszugsweisen Nachdruck sind vorbehalten.

Satz und Druck: Appenzeller Medienhaus, Herisau
Bindung: Schumacher AG, Schmitten
ISBN: 3-85882-296-5

www.appenzellerverlag.ch

Kagemusha

Am 22. April 1935 starb, achtzehnjährig, Manon Gropius, die Tochter Alma Mahlers, an Kinderlähmung. Alban Berg hatte sehr an dem ausserordentlich schönen Kind gehangen, und so bestimmte er sein Violinkonzert zu ihrem Requiem – nicht wissend, dass es auch das eigene werden sollte.

Ein erster Tag.

Langsam fuhren die roten Wagen der Bergbahn durch eine sanft ansteigende Hügellandschaft. Sie hatten Verspätung. Unruhig und etwas irritiert schaute Doktor Riccardo von Wyl auf seine Uhr. Wenn sie mich nur abholen, dachte er, ich würde das Haus allein nicht mehr finden. Vor vielen Jahren, erinnerte er sich, hatte er seinen Kollegen schon einmal hier besucht. Sein linkes Augenlid zuckte, wehrlos war er diesem lästigen Muskelkrampf ausgesetzt. Wieder hielt der Zug bei einem verlassenen Stationsgebäude, niemand stieg ein, niemand stieg aus. Der Himmel war von einem zarten, dunstigen Blau, und Windstösse gingen durch die entlaubten Äste der Bäume. Weiter in der Höhe waren die Berge schneebedeckt. Es waren nur wenige Fahrgäste unterwegs an diesem Samstag im November. Im hinteren Abteil sass ein schwergewichtiger Mann in einem dunklen Lodenmantel und sog an einem erloschenen Stumpen, ihm gegenüber sah er dünne, lange Beine, die einem kleinen, weissen Hund als Schlafplatz dienten. Den Kopf der Frau konnte Dr. von Wyl – mit Vornamen Richard, seit einem längeren Italienaufenthalt von seinen Kollegen spöttisch Riccardo genannt – nicht erkennen. Sie muss jung sein, dachte er, so schlanke Beine hat keine ältere Frau. Endlich fuhren sie weiter und näherten sich dem Ziel.

Dr. von Wyl strich seine schwarze Bundfaltenhose zurecht – immer schon hatte er Wert auf anständige Kleidung, auf sauber gebügelte Hosen gelegt –, er zog den dunklen, zweireihigen Kittel gerade und, gespiegelt im Fenster, suchte er mit seinen dünnen Fingern Ordnung in seine gekrausten, an den Schläfen schon ergrauten Haare zu bringen.

Eine gute Woche, dachte er, länger will ich nicht bleiben. Auf der einen Seite machte es ihm Spass, seinen Kollegen zu vertreten, auf der anderen Seite fürchtete er sich vor der neuen Aufgabe, vor Patienten, denen er, nur an die Stadtverhältnisse gewöhnt, vielleicht nicht gewachsen sein würde. Und doch, sagte er sich, wie viele Vertretungen habe ich schon gemacht und nie Schwierigkeiten bekommen. Und natürlich freute er sich, seinen früheren Studienkollegen, den er seit Jahren, ja, seit Jahrzehnten nicht mehr gesehen hatte, zu besuchen. Schon im Sommer hatte er den überraschenden Telefonanruf erhalten. Schnell und ohne zu überlegen, hatte er sich bereit erklärt, im November die Praxis für mindestens eine Woche zu übernehmen. Meine Frau, hatte sein Kollege, Dr. George Zünd, gesagt, wird gut assistieren können. Doch von dieser Frau wusste er noch nichts. Er erinnerte sich, dass sein früherer Freund zum zweiten Mal verheiratet war, die erste Frau war an einem Hirntumor in jungen Jahren verstorben. Ich lasse mich überraschen, sagte er leise und versuchte im spiegelnden Glas des Fensters der wenig beschlagenen Scheibe ein Lächeln. Zum Glück war ihm der Abschied von der Stadt leicht gefallen; meine gute Sara, dachte er, weilt ja jetzt im Tessin bei einer Bekannten. Hell, fast blendend, schien in der Höhe die Sonne. Und das Gebimmel der Glöcklein der Schafe, noch immer auf den Wiesen, erinnerte ihn an ein vor langer Zeit gehörtes Konzert.

Eine jüngere, blondhaarige Frau in einem weissen Regenmantel trat auf ihn zu.

«Hallo, hallo, da bin ich», sagte sie und blies sich Haarsträhnen aus den Augen. «Doktor, nicht wahr?»

«Riccardo, einfach Riccardo, sehr erfreut», sagte er und lächelte.

«Vivienne, simplement Vivienne.»

Er trug schwer an seinen beiden Taschen, links der Arztkoffer mit allen nötigen Notfall- und Hausbesuchsutensilien und rechts die Reisetasche. Nachdem sie sich kurz und wie beiläufig die Hand gegeben hatten, gingen sie schnell weiter in Richtung des Kirchplatzes, der von Biedermeierhäusern unter niederen Walmdächern umgeben war. Wandergruppen versammelten sich hinter der Kirche. «Am Anfang schuf Gott Himmel und Erde», las Dr. von Wyl über einem Säulenportikus und sinnierte über die Worte nach, auch war ihm aufgefallen, dass die römische Zahl sieben im Zifferblatt der Turmuhr fehlte.

Sie öffnete die Türe eines Range Rovers und drückte ihm die Autoschlüssel in die Hand. Ihre Berührung war ihm nicht unangenehm.

«Mein Mann hat viel von dir erzählt, doch er weiss noch nicht alles.»

«Was will er denn noch wissen?»

«Von deinen gescheiterten Anstellungen ...»

«He, he, jetzt lebe ich in stabilen Verhältnissen, teilzeitig als Vertrauensarzt bei der Genfer Versicherung.»

«Nein, von deinen süssen, gescheiterten Beziehungen ...»

«Ach, alles muss er auch nicht wissen. Wir haben uns schon so lange nicht mehr gesehen.»

«Man hört halt einiges, weisst du, und hier hört man selbst die Mäuse husten.»

«Aber schön ist es bei euch», sagte er und nickte anerkennend.

Weit in der Tiefe glitzerte der See in spätherbstlichem Licht. Und die nahen Hügel, von Nebelschwaden wie von

Fäden umsponnen, machten einen lieblichen Eindruck. Die Wandergruppen gingen in Zweierkolonnen zu den gelben Wegweisern, die vor dem Hotel Kurhaus aufgestellt waren.

Wie sie im Auto sassen und er den Motor zu starten versuchte, überquerte der dicke Mann mit dem Stumpen den grossen, viereckigen Platz. Hinter ihm ging eine junge Frau, die einen kleinen, weissen Hund in den Armen trug.

«De Villa, das ist der Mann dort.»

«Ich habe ihn in der Bahn gesehen.»

«Gell, das gefällt dir, eine solche junge Barbypuppe, das hat er über dich erzählt, je jünger, desto lieber... Ihr seid doch alle gleich. Nein, ich will nicht spotten, wir leben ja von allen diesen Käuzen. Er kommt nur alle paar Wochen hierher, er besitzt die grosse Villa oben am Berg.»

«Also darum ‹de Villa›, sehr gut», sagte Dr. von Wyl und lachte.

«Nein, du liegst falsch, hier sind die Dinge immer anders, als man es sich vorstellt. Villa kommt aus dem Wallis, dort besitzt er Teile der Visperwerke, das ‹de›, ich gebe es zu, kommt von mir.»

«Dann nenne mich jetzt auch nur noch Riccardo de ...»

Er hatte Mühe mit der Schaltung, so fuhren sie nur langsam durch das stattliche Dorf mit einzeln stehenden Häusern aus hell gestrichenem Holz, mit noch immer blühenden Begonien vor den mit filigranen, zur Seite hoch gehobenen Vorhängen verzierten Sprossenfenstern, mit Strassen ohne Unrat. Auch Menschen waren kaum unterwegs.

«Ein Idyll», sagte Dr. von Wyl und folgte Viviennes Anweisungen.

«Zuerst in die Praxis», stellte sie nüchtern fest.

«Aber wo ist denn mein lieber George» – er sagte sehr

gedehnt Sch-or-sch. Es verunsicherte ihn, dass sein Freund nicht zum Bahnhof gekommen war. In den Kurven berührte Viviennes linke Hand, wohl mehr zufällig, seinen rechten Vorderarm. Auch war es hier in den Voralpen kühler als in der Stadt, ihn fror.

«Ja, da muss ich dich enttäuschen. Er ist eben weggefahren, du weisst ja, zu dieser Konsensus-Konferenz in Leipzig, er hat nur um die Mittagszeit einen Zug, es tut ihm leid, dass er dich nicht mehr sehen konnte, doch über die wichtigsten Fälle werde ich dich informieren.»

«Das ist aber nicht gut, ich hätte ihn gerne noch gesprochen.»

«Bin ich dir denn nicht gut genug? Er wird am Samstag zurückkommen, er wird anrufen, er ist ja erreichbar. Vielleicht hast du ihn noch gesehen, im entgegenkommenden Zug sass er, er musste den Intercity um 12 Uhr 50 erreichen.»

«Aber warum hat er mir nichts gesagt?»

«Er musste verfrüht weg, er ist doch im Organisationskomitee der Vereinigung der Allgemeinen Ärzte. Da gibt es noch einiges zu besprechen.»

Sie waren vor einem grossen, gelb geschindelten Holzhaus mit einem seitlichen Anbau aus Beton angekommen.

«Da wirst du arbeiten, komm, ich zeige dir die wichtigsten Räume.»

Gross und hell waren die Zimmer, zwei Sprechzimmer, ein grosser Warteraum mit Lederstühlen und Kinderspielzeug am Boden, ein gut eingerichtetes Labor, wo auch kleinere Eingriffe inklusive Kurznarkosen durchgeführt werden konnten, neben dem Verband- und Gipszimmer. An der Wand klebten Polaroidaufnahmen von Kindergesichtern. Neben Landschaftsfotografien waren Sprüche aufgehängt: *Gegen Leid und Schmerz – für eine humane Medizin* oder: *Kin-*

der sind unsere Zukunft. Als die Türe zur Dunkelkammer sich unvermittelt öffnete und Dr. George Zünd auf Dr. von Wyl zuschritt, zuckte dieser zusammen, als ob der Leibhaftige vor ihm stünde.

«Mein Gott, wie hast du mich erschreckt!»

Vivienne lachte laut, und Dr. Zünd umarmte seinen Freund heftig.

«Wie geht es dir denn, alter Frontkämpfer?»

Dr. Zünd war gross und schwer und die Wangen hingen schlaff in seinem Gesicht. Er hatte eine Glatze, doch die kleinen, rehbraunen Augen bewegten sich lebhaft. Er trug eine Jeansjacke und Jeanshose und wirkte leutselig.

«Vivienne», drohte Dr. von Wyl, «warum lügst du?»

«Was ist schon dabei», stellte sie lachend fest und stiess ihren Zeigefinger gegen die Nasenspitze von Dr. von Wyl.

«Also», sagte Dr. Zünd, «ich mache dich mit den schwierigen Fällen bekannt.»

«Und ich gehe nach Hause», sagte Vivienne, «und bereite das Essen vor. Aber nicht dass ihr zu spät kommt!»

Ein Stoss von weissen (Frauen-) und grünen (Männer-)Krankengeschichten lag vor ihnen auf dem Schreibtisch. Dr. Zünd sass im Patientenstuhl und Dr. von Wyl hatte schon den richtigen Platz eingenommen. Während sein Freund von den «Am Mühlbach» wohnenden Albanern und deren Immigrantenkrankheiten erzählte, von den wöchentlich zu besuchenden geistig Behinderten im Heim zur Tanne berichtete, machte sich Dr. von Wyl Notizen. Manchmal unterbrach er seinen Freund, fragte nach Therapierichtlinien, nach Untersuchungsbefunden. Eigentlich, dachte er, ist mir das alles ja gar nicht neu.

«Nur, wo finde ich diese Menschen?»

«Ich habe dir einen Plan gezeichnet und alle Häuser mit den Namen der Besitzer aufgeschrieben.»

Weiter erfuhr er von den im Altersheim «Im Riet» zu betreuenden Pensionären und von den wegen anderweitiger Erkrankungen schwierig zu therapierenden aktuellen Fällen.

Dass auch Kinder mit zu den Patienten gehörten, machte die Sache doch wieder heikler, hatte Dr. von Wyl doch seit einiger Zeit keine Kinder mehr behandelt.

«Du bist allein, einfach für alle verantwortlich, der Vorteil ist, dass dir niemand auf die Finger schaut. Und die Leute, viele Bauern mit Kinderscharen, sind nicht sehr anspruchsvoll. Du musst nur da sein, das ist schon viel, die fressen dir aus den Händen.»

«Bitte?»

«Nein, ich meine es nicht so. Du bist beliebt, du bist der Doktor, der Landarzt, und basta.»

«*Du* bist beliebt, das ist nicht das Gleiche. Ich bin fremd.»

«Mach das alles so wie ich. Hier hast du die Unterlagen, dann kann nichts schief gehen. Schwester Ursina kennt den Laden besser als ich, du kannst sie immer fragen, sie hat seit Jahrzehnten Erfahrung.»

«Und deine Frau.»

«Na ja, sie ist auch noch da, wenn sie da ist. Allerdings ist sie mit ihren Aktivitäten als Präsidentin des Landfrauenvereins schon sehr gefordert.»

«Sie ist sehr ironisch, nicht wahr?»

«Manchmal. Aber lieb, jemand, mit dem du Pferde stehlen kannst. Weisst du, sie hat mir sehr viel geholfen, der Tod meiner ersten Frau war entsetzlich, zuhause, dieses Leiden, diese Schmerzen und meine Machtlosigkeit. Als Arzt, als Ehemann, als Mensch. Einfach nichts. Du weisst, sie ist verloren, und du kannst nichts machen. Vivienne hat mir geholfen, da wieder herauszukommen.»

«Ihr habt keine Kinder?»

«Leider nein.»

Dr. Zünd schwieg. Vom nahen Kirchturm schlug die Glocke eins. Hinter ihnen stand ein grosser Wandschrank mit einer darin eingelassenen Uhr, deren Pendel sich nicht bewegte. Kaum Verkehr auf der Strasse. Die Sonne hatte sich hinter Schlieren verzogen. Als Dr. von Wyl seinem Freund ins Gesicht schaute, stellte er mit Überraschung fest, dass diesem Tränen in die Augen gestiegen waren.

Beide waren in ihren Stühlen versunken. Die weissen Krankengeschichten waren deutlich in der Überzahl.

Nach langem Schweigen sagte Dr. Zünd:

«Aber einen Hund: Alba, einen Polarhund.»

«Wird er mich mögen?»

«Sie! Und ob, sie wird dir helfen. Alba heisst sie wegen ihrer überwiegend weissen Farbe und polar ist hier im Winter das Klima. Weisst du, manchmal ist alles so schwierig. Meine Frau hat wenig Zeit. Und ich habe keine Zeit. Immer bist du unterwegs, da bist du froh, wenn du ein Fell hast, das neben dir liegt und das du ohne Schaden liebkosen kannst.»

«Ich kann es mir vorstellen. Da seid ihr zwei ja recht einsam.»

«Drei! Viel freie Zeit bleibt nicht. Manchmal für ein Konzert, einen Vortrag, dann die Ärztesitzungen, Samariterverein, schulärztliche Untersuchungen. Aber auch nach fünfzehn Praxisjahren kann ich mich am wenigsten mit den hoffnungslosen Fällen abfinden: Die Carcinome, die chronisch Kranken – es gibt nichts, was hilft. Du trägst diese armen Geschöpfe durch bis zum Tod. Der Pfarrer – Pfarrer Läubli, das musst du dir merken, du wirst ihn bestimmt kennen lernen – hat hier auf dem Land noch eine gewisse Bedeutung.»

«Freue dich doch wenigstens auf Leipzig!»

«Am schlimmsten sind die Kinder.»

Dr. Zünd sinnierte weiter, ohne sein Gegenüber noch wahrzunehmen

«Die technisierte Medizin verlängert das Leben, aber auch das Leid. Du kennst die Begriffe aus der Statistik: Absterberate, oder: Der Tod als primärer Endpunkt, das ist dir bekannt! Die Medizin lässt die Menschen nicht mehr sterben, das ist das Inhumane, nicht wahr, kannst du mir folgen?»

Dr. von Wyl schwieg, überrascht von der auf ihn niederstürzenden Gedankenflut seines Freundes. Mit gesenktem Kopf sass Dr. Zünd auf dem Patientenstuhl und fuhr fort:

«Human dignity, das wärs, oder?»

Beide schwiegen. Dr. von Wyl hatte seinen Freund nicht verstanden.

«Englisch?», fragte er, nur um etwas zu sagen.

«Nicht über ein zu kurzes Leben sollte man klagen, sondern, wenn schon, über ein zu langes; nicht wahr, Riccardo?»

Dr. von Wyl, er konnte den Gedanken seines Freundes nicht mehr folgen, wollte dem Gespräch eine andere Richtung geben:

«Wozu dienen die Fotografien im Eingang?»

«Die Kinder haben weniger Angst, wenn sie sich selber im Warteraum betrachten können.»

«Chronisch kranke Kinder?»

«Wir haben da so Erbnester, schrecklich.»

Das Telefon klingelte schrill und ungehalten schrie Vivienne durch den Hörer in das Ohr ihres Mannes:

«Alles ist verbrannt.»

Mit dem kleinen, weissen Subaru waren sie schnell die steile Strasse hinauf nach Hause gefahren. Abseitig, etwas unzugänglich und direkt hinter einem kleinen Birkenwald lag das Haus auf einer Geländekante. «Zum Bergblick» stand in das verwitterte Holz geschnitzt über der Eingangspforte. Und ein blaues Schild – die Assekuranznummer, hatte Vivienne erklärt – war im Holz festgemacht: 1-9-3-5. Von hier aus ging die Sicht bis zu den von Dunst verhangenen Alpen und zum grauen See und zum schwarzen Horizont. Es war ein dunkles, altes, sonnenverbranntes Holzhaus mit schrägen Holzböden, tief hängenden Decken und verwunschenen Winkeln, das Dr. Zünd und seine Frau bewohnten. Ein grosses Stück Land umgab das Gebäude. Vor den kleinen, mit weissen Vorhängen vermachten Stubenfenstern dehnte sich ein umgestochener und mit Tannenästen bedeckter Gemüse- oder Blumengarten aus. Freundlich hatte die langhaarige, weisse Polarhündin den Gast begrüsst. Und auf dem Sims des Küchenfensters lag die Hauskatze, ein gelber Tiger namens Lulu und räkelte sich in der Sonne. Schwarz-weisse Fotografien, Gesichter älterer und jüngerer Menschen, oft mit geschlossenen Augen und vielleicht schlafend, in verschiedenen Ansichten mehrmals Viviennes Kopf, hingen an den Wänden.

«Viviennes Reich», sagte Dr. Zünd und gab seiner Frau einen Kuss auf die Wange. Schweigend servierte diese den beiden Männern das Mittagessen: Spaghetti carbonara, Eisbergsalat, Halbgefrorenes. Sie selber war auf Diät, wie sie sagte, und ass nur Salat.

«Herr Amberg», sagte Vivienne, «der Lehrer hat vorher angerufen, er komme noch schnell vorbei wegen des Konzertes; wenn die Zeit reicht.»

«Ah ja, morgen, im Sternensaal, da gehen wir hin, du kannst auch mitkommen.»

«Morgen ist aber Sonntag», sagte Dr. von Wyl, er wäre lieber durch die Ortschaft gewandert, um Weiler und Häuser besser kennen zu lernen und um sich mit der Gegend vertraut zu machen.

«Am Nachmittag», sagte Vivienne, «etwas von Haydn, etwas von Berg, was weiss ich, die haben alle doch so schrecklich lange geübt.»

«Wer denn?»

«Die Kinder», sagte Dr. Zünd, «die Schüler, die Lehrer, alle zusammen, es ist ein Adventskonzert.»

«Und alle sind deine Patienten?»

«Natürlich, deswegen musst du ja gehen. Das ist so auf dem Land.»

«Sind denn alle krank?»

«Mein Gott nein, wo denkst du hin.» Und Dr. Zünd schwieg lange, dann sagte er: «Oder nicht allen siehst du die Krankheit an.»

«Wann fährt denn dein Zug?», wollte Dr. von Wyl wissen.

«Nach sechs Uhr, morgen Abend, erst nach dem Konzert zum Glück», antwortete Dr. Zünd.

«Er schwärmt doch so», sagte Vivienne verächtlich.

«Für die Musik?», fragte Dr. von Wyl.

Niemand antwortete.

«Du fotografierst?», fragte Dr. von Wyl.

«Alles, was ihm vor die Kamera kommt: am liebsten schlafende Menschen.»

«Ach, das ist nichts, ein Hobby. Wenn man selber nicht gut schläft, bewundert man den Schlaf anderer», sagte Dr. Zünd und lächelte vor sich hin.

Unter dem Tisch wurde Alba vom neuen Gast ausgiebig gefüttert. Er hatte ein ungutes Gefühl, konnte sich dieses aber nicht erklären. Er fühlte sich plötzlich überfordert, fehl am Platz. Vielleicht war es aber auch nur die weisse, rahmige Sauce oder die Wärme im mit einem Kachelofen überheizten Stubenraum.

Sein Zimmer befand sich im ehemaligen, nun umgebauten Schopf. Es war modern eingerichtet und hatte Telefonanschluss. An der Wand hingen schwarz-weisse Porträtaufnahmen eines bekannten Fotografen aus den Fünfzigerjahren. Mehrheitlich Kinder: Ein Flötenspieler in den Anden. Ein kleines Schulmädchen mit Zöpfen vor einer Schiefertafel. Ein grösseres Mädchen hinter einer beschlagenen Scheibe. Vivienne hatte nach dem Essen dem Besucher das Haus gezeigt. Über der Stube befanden sich die Schlafkammern, die beiden schliefen in getrennten Räumen. Neben dem Eingangskorridor befand sich ein Abstellraum und im Erdgeschoss des Schopfes war ein grosser, moderner Arbeitsraum, ein Büro mit Computer, untergebracht. Als es an der Haustüre klingelte – der Lehrer, erinnerte sich Dr. von Wyl – zog er sich, begleitet von Alba, in sein Zimmer zurück. Er wollte sich ausruhen, denn sie hatten beschlossen, noch heute, und seinem Wunsche entsprechend, zu Fuss die nähere Umgebung zu besichtigen.

Es war Nachmittag und kühler geworden und alle trugen sie Mäntel, einen schwarzen Lodenmantel Dr. Zünd, einen eng gegürteten Trenchcoat seine Frau und Dr. von Wyl einen alten, etwas schmuddeligen Burberry. Die Eheleute gingen auf dem bekiesten, ansteigenden Feldweg voran und zeigten dem Gast dieses Gehöft und jenen Weiler und wiesen auf die verschiedenen Wege zu den Patienten und Heimen hin. Dr. von Wyl aber wurde vom Stecken apportierenden Hund immer wieder abgelenkt und natürlich auch von der Landschaft, die im matten Sonnenlicht zu dampfen schien und die ihm gross und einmalig, gleichzeitig aber fremd und unzugänglich vorkam: Hügel auf Hügel, steile Abhänge, tiefe Schluchten, grosse Waldstücke.

Als sie einen asphaltierten Weg querten, kam ihnen eine Gruppe Kinder entgegen, die, angeführt von einem jungen Mann mit blonden, schütteren Haaren, Knebelbart, roten Socken und Knickerbockers, mit hohen, feinen Stimmen ein Lied sangen: «Vollendet ist das grosse Werk, der Schöpfer siehts und freuet sich. Auch unsere Freud erschalle laut, des Herren Lob sei unser Lied.» Es war eine Gruppe Mädchen zwischen zehn und fünfzehn Jahren mit dem Pfarrer. Sie übten für die morgige Aufführung.

«Unser neuer Arzt», stellte Vivienne Dr. von Wyl dem Pfarrer vor. «Hoch erfreut», sagte der Pfarrer und nannte seinen Namen: «Läubli.»

«Paradise lost», sagte lachend Dr. Zünd und drückte dem Pfarrer nur zögernd die Hand. Die Mädchen, alle blond und mit geflochtenen Zöpfen, waren artig zur Seite getreten. Sie schienen mager in ihren langen Sonntagsröcken – für die Aufführung eben! – und in ihren weissen Blusen, und sie glichen sich alle. Von der Seite aus konnte Dr. von Wyl beobachten, wie sein Freund errötete. Sie blieben noch einige Momente stehen, und der Pfarrer wies Dr. Zünd auf die Sehenswürdigkeiten von Leipzig hin: Barthels Hof, Auerbachs Keller, Nikolaikirche, Johann Sebastian! Distanziert verabschiedeten sie sich voneinander: «Also bis morgen.»

«Weisst du», erwiderte Dr. Zünd, «er singt lieber mit den Mädchen, als die Predigt zu halten, das behagt ihm mehr.»

«Manchmal gar etwas sehr», fügte Vivienne bei. «Hast du schon vergessen, dass einmal eine Untersuchung gegen ihn geführt wurde wegen Betastens oder so?»

«Zwischen Berühren», sagte Dr. von Wyl lachend, «und Betasten liegen für uns Ärzte Welten; touching spiegelt den Charakter der Berührung besser als das deutsche Wort tasten; aber alles hängt natürlich vom moralischem Zeitgeschmack ab, nicht wahr?»

«Was zu viel ist, ist zu viel», wehrte sich Vivienne und schüttelte missbilligend ihre blonde Ponyfrisur.

«Man weiss ja nichts Genaues», besänftigte Dr. Zünd, «also soll man besser schweigen.»

«Das ist typisch für euch Männer.»

«Läubli heisst der Pfarrer», versuchte Dr. Zünd erneut das Gespräch zu beruhigen, «Verkleinerungsform und erst noch Laub, alles Schnee von gestern, der ist doch keine Gefahr mehr.»

«Schweigen und Verschweigen», sagte Dr. von Wyl, «ist auch nicht genau dasselbe.» Er kam sich klug vor.

Langsam gingen sie weiter und erreichten einen Hohlweg.

«Dort in der Tiefe liegt das grosse Bauerngut Untere Bühl. Das dünnste und älteste der Mädchen kommt von dort», sagte Vivienne.

«Und vielleicht auch das Intelligenteste», fügte Dr. Zünd bei. «Es versteht alles, alles, vom Leben und so», fuhr er nach kurzem Schweigen weiter.

«Du kennst es gut», meinte Dr. von Wyl.

«Und ob er es kennt, fast zu gut», antwortete Vivienne.

«Es ist krank, das weisst du doch, also lass deinen ironischen Kommentar bitte beiseite, das macht mich wirklich wütend, diese Anspielungen.»

«Sie ist doch so süss», sagte Vivienne verbittert.

Langsam gingen sie weiter, es dunkelte bereits und die tieferen Regionen des Hügellandes verdämmerten. Es roch nach Rauch, Nässe und Fäulnis, und Nebelschwaden hingen in den Tannen und Föhren.

«Die bringt ihren Grosseltern jeden Abend die kuhfrische Milch in die Obere Bühl, dort wohnen die alten Leute, die trinken nichts anderes, sind sich nichts anderes gewohnt. Du wirst sie besuchen müssen. Herz und Lunge abhorchen, die wollen aber nicht ins Heim.»

«Das ist ein weiter Weg durch die Schlucht des Mühlbaches hindurch, jeden Tag, Sommer und Winter, immer beim Einnachten», setzte Vivienne hinzu. «Mädchen sind halt stark, das würden Buben nie tun.»

Und Dr. von Wyl wurde die Schlucht gezeigt und das Riet und die Weiler Bühl und Mühlen, und dort beim Einschnitt am Waldrand war der Weg. Es war ein unwegsames Gelände, und Dr. von Wyl wunderte sich über die seltsamen Bräuche. Oder war es mehr die Halsstarrigkeit der Leute, die ihn erstaunte?

«Und sie hat keine Angst?», fragte er.

«Ach, die haben keine Angst», sagte Vivienne, «weisst du, und für die Bauern ist das anders mit dem Leben und dem Tod. Die erleben das mit ihren Tieren als etwas Natürliches, Schicksalhaftes.»

«Gottgegebenes», setzte Dr. Zünd hinzu,

«Und Angst haben nur die Schwachen», sagte Vivienne. Dr. von Wyl wollte etwas erwidern, doch er spürte, dass es besser war, jetzt zu schweigen.

Wieder waren sie verstummt. Angestrengt starrte Dr. von Wyl in die Dämmerung, und es kam ihm vor, als sähe er auf dem gegenüberliegenden Pfad ein schwaches Licht sich vorwärtsbewegen. Etwas hielt ihn zurück, es zu sagen. Auf einer Bank ruhten sie sich kurz aus und kehrten danach schweigsam und müde nach Hause zurück. Dr. von Wyl gingen die singenden Mädchen und der Pfarrer und die kuhwarme Milch und das flackernde Licht nicht aus dem Kopf.

Das Abendessen wurde in der Fernsicht mitten im Dorf eingenommen. Das Haus war hell beleuchtet und von stattlichem Aussehen: Braune Holzplatten verkleideten die Fassade und die Fensterfront wurde von mächtigen Balken, hell gestrichenen, getragen. Es waren nur wenige Dorfbewohner im dunkel getäferten Schankraum, einige Fremde, einige Bauern, hinten im angrenzenden Säli fand das Preisjassen statt und im hintersten Teil hatten die Roosenkorporation und der Museumsverein sich eingefunden. Sie waren die einzigen Gäste, die assen. Die Wirtin, hinkend mit Arthroseknien, nachdem sie beim Doktor noch schnell ein Rezept verlangt hatte, nahm die Bestellung auf.

«Und hast du auch alles für die nächste Woche?», wollte Dr. Zünd wissen.

«Ich denke schon, ich habe meinen Koffer ja mitgenommen.»

«Sonst kannst du immer Schwester Ursina fragen.»

Vivienne las in einer Revue und beteiligte sich nicht am Gespräch. Sie assen Käse und Wurst und Brot und tranken hiesigen Landwein.

«Alles Albaner», sagte Dr. Zünd und wies auf die Gruppe, die sich hinten am Fenster stehend unterhielt.

«Was tun die?»

«Nichts», sagte Dr. Zünd, «die dürfen ja nicht, das ist die Misere. Was sollen die schon tun? Etwas Illegales am liebsten: Drogen oder Mädchen. Das sind alles nur Männer, stell dir einmal vor, im Heim dort hinten leben die unter sich wie im Gefängnis. Es ist nicht verwunderlich, dass sie auf dumme Gedanken kommen.»

«Aufreissen meinst du», sagte Dr. von Wyl und lachte und spürte den Wein in seinen Kopf steigen. Er gebrauchte ein ihm üblicherweise fremdes Wort. Vivienne blickte ihn verächtlich an. Sie war auf Diät und ass nur Viertelfettkäse.

«Dumme Gedanken», erwiderte sie heftig, «was heisst dumme Gedanken? Die Vergewaltigung im Tobel – alles schon passé? Und apropos aufreissen: Wir sind dann allein, ich warne dich, Ricccardo!», sagte Vivienne.

Verdutzt schauten die Freunde Vivienne an, doch diese wandte sich wieder ihrer Leküre zu.

«Bei ihm ist keine Gefahr», sagte Dr. Zünd, «er hat genug Abwechslung, nicht wahr?» Dr. von Wyl nickte und wurde rot. Eigentlich, dachte er, hat diese Vivienne – sie trug ein enges T-Shirt, ein Gilet und einen kurzen, ledernen Rock – eine fantastische Figur.

Die Männer beim Fenster unterhielten sich laut und die Bauern am Stammtisch, die alle ihren Doktor freundlich begrüsst hatten, zischten: «Ruhe!»

Schweigend wurde die Fleischplatte geleert. Das Gespräch wollte nicht mehr in Gang kommen.

«Den Schlüssel für den Tresor mit den Betäubungsmitteln nicht vergessen», sagte Vivienne.

«Du bist also gut ausgerüstet, du hast eine gute Taschenlampe, ein Fernrohr, ein Sackmesser, Stiefel, Pistole?», fragte Dr. Zünd.

«Das Handy», fügte Vivienne bei, «ist doch das Wichtigste.»

«Also», stellte Dr. Zünd fest, «bist du nun ein Handyman.»

«Ein Faktotum, ein Gehilfe, mehr nicht, hast du verstanden», sagte Vivienne und lachte. «Das heisst Handyman.»

«Sie muss allen beweisen, dass sie gut Englisch kann», meinte Dr. Zünd gereizt.

«Wozu brauche ich das alles?», wollte Dr. von Wyl wissen, ihm war unwohl zumute; schnell schlug sein Herz.

«Hier auf dem Land musst du mit allem rechnen: Erhängte abschneiden, Selbstmörder begraben» – jetzt lachte Dr. Zünd laut auf, und man hörte aus seinem hellen Lachen, dass auch er zu viel getrunken hatte.

«Nach Hause mit euch, ihr Süssen», sagte Vivienne drohend.

Dr. von Wyl konnte lange nicht einschlafen. Er hörte Schritte im Haus, einmal auch laute Stimmen und wiederholt die Spülung im Badezimmer. Sie werden sich wegen mir doch nicht streiten, fragte er sich. Als er sich verabschiedet hatte, hatte Vivienne ihn auf die Lippen geküsst, und er hatte nur mit Mühe ihre Zunge mit seinen Zähnen zurückhalten können. Natürlich hatten sie alle zu viel getrunken. Deswegen die Unruhe, das schnell schlagende Herz und die Gefühlswallungen, dachte er. Warum habe ich nur zugesagt? Es war ihm einfach gut gelegen gekommen, denn einen Zusatzverdienst zu seiner Teilzeittätigkeit konnte er wirklich gebrauchen.

Er versuchte Ordnung in seine Gedanken zu bringen, doch es gelang ihm nicht. Wie muss ich mich nur verhalten?, überlegte er. Denke daran, hatte ihm Dr. Zünd unten in der Stube noch gesagt, was du tust, tust du richtig, das Einfache ist das Richtige, man verlangt von dir keinen Salto. Höchstens einen Salto mortale, hatte er geantwortet, und alle drei hatten sie gelacht.

Er begann auf hundert zu zählen. Wind war aufgekommen und das Gebälk knarrte. Noch immer brannte das Licht im Gang. Wild schlug sein Herz. Erst als er die Türe zu seinem

Zimmer abschloss, wurde er ruhiger. Und nochmals ging er im Kopf die Eindrücke des Tages durch: die Albaner, der Pfarrer, Vivienne, das Milchmädchen, de Villa, die Absterberate und vor allem die vielen Kranken. Beim Einschlafen leuchtete hell die Inschrift am Kirchenportal über seinem Kopf: «Im Anfang schuf Gott …»

Ein zweiter Tag.

Schon während des Morgenessens – Vivienne trug eine enge, weisse Hose und einen weitmaschigen Pullover, Dr. Zünd wieder seinen Jeansanzug – wurden sie von Schüssen unterhalten. Es war Sonntag. Wurde auf dem nahen Schiessplatz geübt? Zu dieser Jahreszeit? Oder waren Jäger unterwegs? Dr. von Wyl konnte es sich nicht erklären. Kurze Zeit später ertönten die Kirchenglocken der umliegenden Dörfer und läuteten kräftig den Sonntag ein. Sie sassen beim Frühstück in der heimeligen Stube, doch Vivienne hatte keine Zeit für Gespräche. Wegen des sonnigen Wetters – ein Wetterumschlag und Nebel waren für den Nachmittag angesagt – zog es sie hinaus in den Garten, um die letzten Spätherbstarbeiten noch auszuführen: Die noch wenigen, offenen Beete mit Tannenästen abzudecken, das Pampasgras zusammenzubinden, den Salbei einzupacken. So trug sie schon bald enge Handschuhe, die aus der Praxis zu stammen schienen, und ihre Füsse steckten in oberhalb des Schafts abgeschnittenen Stiefeln, welche ihr einen verwegenen Eindruck verliehen. Auf dem Boden blieben Abdrücke zurück, die an Pneus erinnerten. Die Männer aber sassen noch lange am Tisch und plauderten.

«Weisst du», fragte Dr. Zünd seinen Freund, der einen dunklen Anzug mit einem in schottischem Muster karierten Gilet trug, «was Fiat Lux bedeutet?»

«Nur ungefähr», antwortete Dr. von Wyl.

«Oben, oberhalb des Waldes, dort, wo die Strasse den höchsten Punkt erreicht, beim Weiler Engi, lebt eine grössere Anzahl jüngerer Mädchen, Frauen und Männer, die einer speziellen, dogmatischen Sekte angehören, sie nennen sich Gemeinde der Gerechten. Kein Fleisch, keine Elektrizität, keine Bluttransfusionen, keine Medikamente.»

«Ähnlich wie die Zeugen Jehovas, nicht wahr?»

«Ja, nur noch viel strenger. Stell dir vor, einmal wurde ein Mädchen, vielleicht weil es nicht ganz rein war – in den Augen der Sektenmitglieder heisst das: es hat gesündigt – zu Tode geprügelt. Als Unfall wurde das alles abgetan und alle haben geschwiegen. Dabei war das Mädchen krank.»

«Traurig, aber das gibt es überall. Im Namen der Religion haben schon unzählige Menschen ihr Leben verloren», meinte Dr. von Wyl.

«Niemand hat sich gewehrt, stell dir das vor! Das war in meiner ersten Zeit hier, ich war noch nicht mit allem vertraut, verstehst du.»

«Wo kein Kläger, da kein Richter, nicht wahr.»

Wieder zuckte das linke Augenlid von Dr. von Wyl. Er versuchte mit dem Zeigefinger den Lidmuskel durch Druck zur Ruhe zu bringen. Es gelang nicht. Er trank von der eiskalten Milch, die im Tetrapak auf dem Tisch stand.

«Die rufen manchmal auch an, nur dass du das weisst. Sei vorsichtig, lasse dich auf keine Diskussionen ein.»

«Was ich nicht alles wissen muss! Für die wenigen Tage, die ich hier bin, erzählst du mir beinahe zu viel.»

Das Lid liess sich nicht beruhigen. Auch nicht beim Abwaschen des Geschirrs. Noch immer wurde in der Nähe geschossen.

Schon wenig später hatte das Telefon geklingelt und vom Heim zur Tanne, dem Behindertenasyl, wurde Hilfe angefordert. Ein Zögling, hatte der Leiter, Herr Rothen, am Telefon gesagt, sei seit gestern hoch fiebrig.

Dr. von Wyl wollte sich die Gelegenheit nicht entgehen lassen, eingeführt von seinem Freund, sich mit der neuen Umgebung vertraut zu machen. Sie fuhren im Range Rover eine abgelegene, steile Strasse den Wald hinauf. Es war dunkel geworden, Nebelbänke versperrten die Sicht, und die Sonne hatte sich hinter hoch getürmten Wolken versteckt. Noch regnete es nicht, doch es war merklich kühl geworden.

An einer engen Stelle wartete Dr. Zünd, er hatte das Postautohorn gehört und wollte dem grossen Auto den Vortritt gewähren. Alba lag lang ausgestreckt im Fond. Sie genoss die Fahrt sichtlich.

«Das liegt aber abgelegen», sagte Dr. von Wyl, und die Aussicht, nachts allein auf diesen Strassen unterwegs zu sein, beunruhigte ihn.

«Früher wollte man halt die Verrückten nicht mitten unter den Leuten haben.»

«Behinderte und Verrückte: Sind es denn viele?»

«29, wenn das Haus voll ist.»

Stumm fuhren sie weiter und die Strasse wurde immer schlechter. Bei einer Waldlichtung zeigte Dr. Zünd zum Waldrand, wo ein Feldweg in die Wiese einbog. Sie hatten einen Umweg gemacht, Dr. Zünd wollte seinem Freund die Umgebung zeigen.

«Das ist der Weg zum Oberen Bühl, danach kannst du deine Uhr richten, immer um ein Viertel vor und ein Viertel nach fünf Uhr kommt das Mädchen mit der Milch hier vorbei.»

Dr. von Wyl lächelte und meinte:

«Unglaublich, was Erziehung und Abhängigkeit oder Befehl und Unterwürfigkeit alles bewirken.»

«Da kannst du nur den Hut ziehen!»

Als sie im Weiler ankamen, fuhren sie langsam am Gasthaus Hirschen vorbei. An der Wirtschaftstüre hing ein Schild: Lesegesellschaft.

Von hier war es nun nicht mehr weit. Auf dem Feldweg kamen sie aber nur noch langsam voran. Dr. Zünd zeigte zu einem grossen Holzhaus am Waldrand.

«Da sind die Schwestern und Brüder der neuen Heilslehre zuhause, und weiter im Sattel gelegen befindet sich der Weiler Engi.»

«So abseitig», meinte Dr. von Wyl, «muss man ja auf seltsame Gedanken kommen.»

Dunkle Wolken waren aufgezogen und verdüsterten den modernen, hohen, viereckigen Betonbau mit den vielen kleinen, vergitterten Fenstern und mit einem in der hügeligen Umgebung störenden Flachdach. Stämmige Tannen umstanden das Haus. Trotz ihres Murrens wurde Alba angehalten im Auto zu warten. Die beiden Männer öffneten ein grosses Tor – Dr. Zünd hatte sich gewundert, dass es nicht geschlossen war – und gingen zu dem dem Gebäude vorgelagerten Holzhaus. Hier wurden sie vom Heimleiter Herrn Rothen sehr freundlich empfangen. Der Heimleiter war jung, er trug einen Overall und Stiefel. Hinten an der Wand, neben Ringbüchern, hing ein Bild – ein Plan aus der Vogelperspektive, ein Kupferstich – einer grossen Stadt: Wien im Jahre 1885.

«Der Andres fiebert seit gestern», sagte Herr Rothen und in seinen blonden Kraushaaren bildeten sich Schweissperlen.

Nachdem der neue Arzt vorgestellt worden war, liess Herr Rothen mittels einer Klingelanlage den Patienten kommen. Dieser war kleinwüchsig, kaum zwanzigjährig, hinkte auffällig und sprach kein Wort. Er wurde von einer älteren Frau mit langen, grauen Haaren begleitet; er trug einen sauberen, dunkelroten Morgenrock. Anhand der Kurzatmigkeit und des Abklopfens und Aushorchens der Lunge wurde die Diagnose einer Lungenentzündung gestellt. Dr. Zünd holte entsprechende Medikamente aus seinem Koffer.

«Alles klar: Bettruhe, Antibiotika, viel trinken, Fieberkurve. Dr. von Wyl wird in zwei Tagen nochmals vorbeikommen», befahl Dr. Zünd.

«Welches ist die Grundkrankheit?», wollte Dr. von Wyl wissen.

«Eine schwere Hirnverletzung, temporal, durch einen Sturz von einer Felswand, schlimm, sehr schlimm.»

Andres hatte wortlos den Barackenraum verlassen, gefolgt von der Aufseherin.

«Mit dem Balzli haben wir wieder Mühe», sagte Herr Rothen, «er ist so unruhig, sucht überall seine Marie. Könnten Sie ihm nicht etwas zur Beruhigung geben, er irrt umher, sucht, er leidet so sehr, das muss doch nicht sein. Wer weiss, auf welche Ideen der noch kommen könnte?»

«Natürlich», sagte Dr. Zünd und fragte seinen Kollegen, was er vorschlage.

«Valium.»

«Also gut, warum nicht», meinte Dr. Zünd; «die Marie ist sein Schatz, die gibt es aber nicht mehr, die ist bei einem Verkehrsunfall gestorben, darauf hat sich der arme Kerl in den Mund geschossen. Jetzt sieht er in jedem hübschen Mädchen seine Marie.»

«Wie lange ist das her?», erkundigte sich Dr. von Wyl.

«Drei Jahre», sagte Herr Rothen.

«Passen Sie gut auf ihn auf», warnte Dr. Zünd.

Als sie sich verabschiedeten, hörten sie draussen im umgitterten Hof eine Stimme laut «Mari-ie, Mari-ie!» rufen. Alba bellte im Auto. Dr. Zünd wollte den jungen Mann sehen und ging, nachdem sie zwei Durchgänge passiert hatten, auf ihn zu. Der Jugendliche war gross gewachsen und sehr kräftig, er hatte wunde Pickel im Gesicht und eine vernarbte, zuckende Lippe. Trotz der Kälte trug er nur ein weisses T-Shirt und ausgefranste Jeans. Dr. Zünd strich ihm langsam über die wild-struppigen schwarzen Haare. Herr Rothen gab ihm die Hand und zog ihn sanft zu sich hin. Niemand sprach ein Wort. Der Junge liess sich beruhigen.

«Er spricht nur wenig», stellte Dr. Zünd fest.

«Immer mehr, immer mehr», sagte Herr Rothen, und es war offensichtlich, dass er den Jungen gern hatte, stolz auf ihn war.

«Ein armer Kerl», meinte Dr. von Wyl, der sich wiederholt im Hof umschaute. Wieder zuckte sein linkes Augenlid. Es war ihm unheimlich zu Mute, ihm kam es vor, als befände er sich in einer Zirkusarena und die Tiger lauerten hinter seinem Rücken. Plötzlich löste sich Balzli aus der Umarmung und ging in Richtung einer verschlossenen Eisentüre und rüttelte heftig am Griff.

«Der Mensch», sagte Herr Rothen nachdenklich, «ist ein Abgrund.»

Er verabschiedete sich, mit beiden Händen winkend, und ging hinter Balzli her. Wieder im Auto sassen die beiden Ärzte einen Moment lang stumm nebeneinander. Dr. von Wyl streichelte Alba hinter den Ohren.

«Es ist besser», sagte Dr. Zünd, «wenn man nicht in den Abgrund hinunterschaut.»

«Ich weiss nicht, manchmal, denke ich», entgegnete Dr. von Wyl, «ist es richtig, den Schwindel des Hinunterschauens auf sich zu nehmen.»

«Wer weiss schon, wohin das führt – und ob sich das je lohnt?»

Schnell und ohne viele Worte zu verlieren, fuhren sie nach Hause.
Nach dem Mittagessen hatte Dr. von Wyl mit Alba einen Spaziergang gemacht, doch er hatte nur wenig Zeit, denn um halb zwei Uhr begann das Konzert im Sternensaal.

Im Auto sass Dr. von Wyl hinten. Noch dunkler war es geworden, beinahe Nacht, es nieselte und dicke Wolken hingen bis auf den Boden.

«Riccardo», sagte Vivienne, «heute Abend, wenn Schorsch abgereist ist, erwartet uns meine Freundin Claire zum Essen, ist dir das recht?»

«Warum fragst du ihn?», wollte Dr. Zünd wissen, «Du kennst doch seine Liebe zu Frauen!»

Dr. von Wyl schwieg, eigentlich – aber er getraute sich nicht, es zu sagen – wäre es ihm viel lieber gewesen, zeitig schlafen zu gehen. Auch hatte ihn das lästige Lidflattern wieder heimgesucht.

Schnell fuhr Dr. Zünd – zu schnell nach dem Geschmack des hinter ihm sitzenden Dr. von Wyl – vor allem zu schnell auf diesen nassen Strassen.

«Du hast noch viel vor heute», drohte Vivienne lachend, «wenn du meinst, auf diese Art Zeit gewinnen zu können, denk doch bitte an unser aller Leben.»

«Was wird denn hier gespielt?»

Niemand antwortete auf die Frage von Dr. von Wyl. Er strich sorgfältig seinen Hosenfalten entlang. Wenn das nur gut geht, dachte er.

Als sie im Sternensaal ankamen, waren die meisten Plätze schon besetzt. Alle waren gekommen, um den vom Gemeindepfarrer geleiteten Chor der Kinder zu hören, und die aus Japan stammende, aber hier aufgewachsenen Violinistin

Jono Kazezewa zu sehen. Der Chor bestand aus über fünfzig Kindern, mehr als die Hälfte waren Mädchen aller Altersstufen.

In der zweiten Reihe hatten sie noch drei Plätze gefunden. Weiter hinten erkannten sie Herrn De Villa mit seiner jungen Frau, die auch hier den kleinen Hund auf ihrem Schoss trug. Einige der Zuhörer winkten ihnen zu: Der Gemeindepräsident Herr Alwa, Herr Rothen vom Behindertenasyl, Herr Schön vom Altersheim, Herr Goll, der Schulhausabwart, und Herr Reisiger vom Asylantenheim.

Der Saal, ein hell gestrichener Raum mit dunklen Holzträgern in der Decke, beinahe von quadratischer Form, war nüchtern. Lange, schmale Fenster und Holzstühle erinnerten an eine Kirche, ebenso das Podest, wo die Kinder leise, in weissen Sonntagsröcken die Mädchen, in dunklen Hosen und weissen Hemden die Buben, Aufstellung genommen hatten. Die grossen Blumensträusse rechts und links der Steinsäulen waren die einzigen Farbtupfer im nüchternen Raum. Als der Pfarrer – dunkel gekleidet und sichtlich nervös, wiederholt fuhr er sich mit den Händen durch den Bart – auf das Podest trat, klatschten die Zuhörer kräftig.

Er hielt eine kurze Einführung zur – auszugsweise, wie er betonte – Schöpfung von Joseph Haydn.

Er dankte den Kindern, den Solisten, den Schülern des Singkreises aus der näheren Umgebung und den Berufsmusikern vom Stadttheater für ihr einzigartiges Engagement zugunsten dieser Aufführung.

Dr. von Wyl hatte sich neben Dr. Zünd gesetzt, Vivienne sass neben ihrem Mann und dem Lehrer, Herrn Amberg. Dieser hatte lange, strähnige Haare, und er trug eine an Russland erinnernde Fellmütze.

«Jetzt sehen wir sie nicht nur, sondern hören sie auch einmal», sagte der Lehrer und nickte Dr. Zünd zu. Dieser stellte Herrn Amberg dem neuen Arzt vor.

Noch herrschte Unruhe im Saal, die Orchestermusiker vom hiesigen Orchesterverein hatten gerade ihre Plätze eingenommen und stimmten ihre Instrumente ausgiebig.

«Vor allem die, die sonst nie etwas sagen.» Vivienne lachte laut.

Dr. Zünds Augen richteten sich unverwandt auf die Gruppe der ganz links sitzenden, älteren Mädchen. Erst als Raphael, ein schwergewichtiger Mann, zu singen begann «Im Anfang schuf Gott Himmel und Erde», wurde es ruhig.

In der Pause erhoben sich alle nach lang anhaltendem Applaus von ihren Sitzen, einzelne der Zuhörer klatschten noch im Stehen weiter.

Dr. Zünd, Dr. von Wyl, der Lehrer und Vivienne gingen schnell nach draussen, die Hitze im Saal war unerträglich geworden.

«Schön wie sie singen», stellte Dr. von Wyl fest, das Schweigen als erster brechend, «und eine urtümliche Musik.»

«Eine anregende Beschäftigung für den Pfarrer, das macht der lieber, als vor leeren Bänken zu predigen», meinte der Lehrer.

«Dass der so gut dirigieren kann!», sagte Vivienne anerkennend.

«Eine vertikale, wirklich schöpferische Musik, die zum Himmel strebt», lobte Dr. Zünd begeistert und wie abwesend.

«Also doch entsprechend Miltons Vorlage ‹paradise lost›», ergänzte Amberg in belehrendem Tonfall.

Sie standen im Nieselregen vor der weit offenen Türe des Saals.

«Willst du etwas trinken?», fragte Dr. Zünd Vivienne. Noch schien er benommen vom Gehörten. Leicht schwankend ging er zur Theke hinter der Garderobe, um Getränke zu holen.

«Wer kommt jetzt?», fragte Vivienne, «die kleine Süsse?»

«Berg», antwortete der Lehrer, «Amberg-Berg», fügte er lachend hinzu.

«Kenne ich nicht», sagte Dr. von Wyl und ging Dr. Zünd entgegen, um die Getränke in Empfang zu nehmen.

«Kennst du Berg?», fragte Dr. von Wyl seinen Freund, «oder Schönberg?»

«Nein, Alban Berg heisst der Komponist. Eigentlich kaum, sein Violinkonzert aber ist himmlisch.»

«Die Angela», sagte der Lehrer plötzlich und mit veränderter, harter Stimme, «wird in den nächsten Tagen nach Bad Frankenhausen, nördlich von Erfurt, in ein Heim zur Kur gebracht.»

«Davon weiss ich nichts», stotterte Dr. Zünd; man merkte, dass die Mitteilung ihn überraschte.

«Das ist besser für sie», sagte Vivienne, «für alle, am meisten für sie, dann hat sie ihre Ruhe. Schön und krank, diese Kombination, das wissen wir aus den Büchern, ist doch fatal.»

«Vielleicht für immer», ergänzte der Lehrer.

«Lebenslänglich also», sagte Dr. von Wyl etwas unpassend.

«Ich als Arzt weiss nichts davon», sagte Dr. Zünd und schüttelte den Kopf, «als behandelnder Arzt weiss ich nichts!» Er schwitzte und schien ausser sich. «Davon weiss ich nichts und ich bin Arzt und niemand – »

«Wer ist Angela?», fragte Dr. von Wyl, er wollte seinem Freund zu Hilfe kommen.

«Angela, er kennt Angela nicht», sagte Vivienne und lachte, «Angela ist das süsse Milchmädchen, weisst du.»

Ein Gong kündigte das Ende der Pause an.

Die Kinder sassen auf Schulstühlen auf dem Podest, und in der Mitte neben dem Dirigentenpult des Pfarrers stand die junge japanische Violinistin. Sie trug ein langes, enges, bis zu den Füssen reichendes taubengraues Kleid und hatte nackte Oberarme und ein flaches Gesicht. Der Pfarrer hielt wiederum eine kleine Einführungsrede: Alban Berg habe das berühmte, ergreifende Violinkonzert nur wenige Monate vor seinem Tod 1935 geschrieben und zwar für eine ebenfalls jung gestorbene Frau, nämlich für Manon Mahler. Erneut stimmten die Orchestermusiker ihre Instrumente. Es wurde ruhig im Saal.

«Dort sitzt sie», flüsterte Vivienne Dr. von Wyl zu.

Das Mädchen sass ganz aussen. Es schien, weil es so leicht war, den Stuhl kaum zu berühren. Es hatte blonde, lange Haare, die die Ohren wie Muscheln umhüllten, von einem goldenen Haarband zusammengehalten wurden und wild gekraust auf die Schultern fielen. Andeutungsweise war ein leicht gekrümmter Hals zu erkennen, und der dem Publikum zugewandte Kopf schien zu leuchten. Sie sass im Licht der Scheinwerfer, doch – aber Dr. von Wyl konnte sich täuschen – ihm kam es vor, als werfe ihre grazile Figur gar keinen Schatten. Die Stirne war leicht fliehend und die Wangen auffallend gerötet. Die Nasenflügel waren gebläht, als bekäme sie zu wenig Luft zum Atmen. Die dunklen Augen, aus der Ferne nur schwer zu erkennen, glänzten im Licht der Lampen und lagen in tiefen Höhlen. Sie hatte das Aussehen eines schlafenden Kindes, denn die Lider bedeckten ihre Pupillen zur Hälfte. Das hellblaue, kragenlose Kleid – als Einzige war sie nicht weiss gekleidet – schmiegte sich in Falten an ihren Körper. Sie war von spezieller, zerbrechlicher, auffallender Schönheit, und viele Blicke gingen in ihre Richtung. Mehr als ein Mensch, dachte Dr. von Wyl, ist sie eine Erscheinung! Dazu passte auch die helle, beinahe durchsichtige Gesichtsfarbe. Sie wird, sagte er zu sich selber, sicher blutarm sein. Kein Wunder, überlegte er, dass sie allen die Köpfe verdreht. Mehr als einmal ertönte ein Husten, das wie ein Räuspern klang, aus ihrer Ecke, bei leicht aufgeworfenen, geschlossenen, beinahe weissen Lippen. Aus grosser Ferne, langsam, erhaben setzte die Musik ein – stumm und ergriffen lauschte das Publikum. Eine Art Sphärenmusik, dachte Dr. von Wyl, als die Solovioline einsetzte, nur in der Musik, überlegte er sich, ist das Weltall jederzeit und vollständig erhalten. Sein linkes Augenlid zuckte und ein Schleier senkte sich über die Musizierenden.

Der Applaus kannte keine Grenzen. Nochmals erhoben sich die Kinder, die Musiker und allen voran die Solistin: Alle wurden sie mit einer Standingovation verabschiedet.

«Was für eine herrliche Musik und was für eine Interpretation!» Der Lehrer war voller Lob. Dr. Zünd hingegen schien abwesend, seine Augen waren geschlossen und seine Hände zitterten oder bewegten sich noch immer im Takt der Musik.

«Eine Engelsmusik», sagte Dr. von Wyl, und er ahnte nicht, dass er seinem Freund die Worte aus dem Mund genommen hatte.

«Alles für Angela», stellte Vivienne lachend fest, «Angelo» – sie sagte antschelo – «heisst doch Engel, oder?»

«Eine symphonische Dichtung, nein, besser: ein Konzert für Angela», fügte der Lehrer hinzu, nickte vielsagend und ergänzte: «Zweisätzige Reihentonalität, oder?» Da niemand antwortete, setzte er seine Überlegungen fort: «Engel sind doch die wahren Kunstwerke der Schöpfung; oder, philosophisch ausgedrückt: der beste Teil des Nichts.» Kein Zweifel, der Lehrer hörte sich gerne sprechen. «Also, könnte man auch sagen: Sie sind das, was wir alle zu werden hoffen oder meinen. Könnt ihr mir folgen?» In seinem Eifer bemerkte er nicht, dass er keine Zuhörer hatte. «Doch Engel» – er flüsterte nun – «dürfen nicht leben, nicht unter uns, nicht wahr, sonst wären Engel keine Engel, per definitionem.» Endlich schwieg Amberg.

Dr. Zünd stand, entfernt von den anderen, bei der hinteren Saalsäule. Angela, von ihrer Mutter, einer kräftigen Bäuerin in blauer Sonntagstracht, abgeholt, verabschiedete sich stumm von den übrigen Mädchen und verliess bald darauf den Saal. Sie entfernte sich leicht und gewichtslos und als ob sie Dr. Zünd reizen wolle, ging sie nahe an ihm vorbei, so kam es Dr. von Wyl vor, verweilte einige Augenblicke bei ihm und schien, aber Dr. von Wyl konnte sich täuschen, ihm etwas zuzuflüstern. Es war schwierig aus dieser Distanz und im allgemeinen Stimmengewirr, einzelne Wörter zu verstehen, aber es klang wie: «komm», oder: «voll», oder: «soll» oder ähnlich. Die Mutter aber drängte weiter und rief laut und ungeduldig: «Angela, Angela!»

War es nicht so, dass sich nach ihrem Weggang das Licht im Saal verdunkelte? Dr. von Wyl glaubte es. Angelas Erscheinung hatte ihn tief beeindruckt. Sie erinnerte ihn an ein vor langer Zeit gesehenes Bild: Doch wo hatte er das Bild gesehen?

Unter nochmals anschwellendem Applaus folgte ihr der Pfarrer sofort, sein Kopf blieb von den ihm mitgegebenen Blumensträussen verdeckt.

In Gruppen begab man sich zum Buffet, wo der Harmonieverein, die Feuerwehr und die Mädchenriege einen Aperitif offerierten. Man stand noch lange beieinander und besprach das Gehörte und Gesehene. Einer der ersten, der aufbrach, war Herr de Villa, gefolgt von seiner Frau und dem kleinen Hund. Als de Villa an Vivienne vorbeikam, nickte er ihr lächelnd zu und sagte mit näselnder Stimme:

«Gidon Kremer ist besser.»

Auch Dr. Zünd, mit dem Handy am Ohr, verabschiedete sich schon bald von der Gruppe. Ein Notfall, sagte er und eilte zum Auto.

«Ich begleite dich», rief Dr. von Wyl, «so warte doch!» Doch sein Freund war schon weg.

«Und der soll heute noch nach Leipzig», lachte Vivienne, «der kann seine Kunden doch nicht im Stich lassen.»

«Und welche Kunden sind denn das», fragte der Lehrer ironisch.

«Im Stich ist gut», bemerkte Dr. von Wyl mit gereizter Stimme und ärgerte sich, dass ihn sein Freund links liegen gelassen hatte.

«Zuerst gab es Kranke, dann Patienten und heute sind es Kunden.» Ambergs sarkastische Bemerkung schloss das Gespräch ab.

Die meisten Eltern waren mit ihren Kindern nach Hause gefahren, die zurückgebliebenen Erwachsenen erfreuten sich noch lange an den verschiedenen Speisen und am Wein.

Es dämmerte und regnete in Strömen, als Dr. Zünd endlich nach Hause zurückkehrte. Dr. von Wyl sah, dass seine Uhr stehen geblieben war: 5 Uhr 30. Nur der Sekundenzeiger kreiste. Er richtete die Uhrzeiger neu.

«Es tut mir leid, Vivienne», sagte ihr Mann, «ich wollte den Nachmittag gerne mit euch verbringen, aber dieser Beruf zwingt einem immer wieder von zuhause weg, aber das weisst du ja.»

Er sah müde aus und eilte, beinahe verschämt, ins Badezimmer.

«Wenn du so weiter machst, ist dein Freund umsonst gekommen», schimpfte Vivienne.

Laut plätscherte das Badewasser und es gurgelte im Ablauf. Dr. von Wyl verliess mit Alba das Haus. Die abgeschnittenen Stiefel lagen verschmutzt im Abstellraum. Nass hingen die Kleider von Dr. Zünd in der Garderobe. Dr. von Wyl hörte, dass das Gespräch zwischen Vivienne und seinem Freund im Badezimmer laut fortgeführt wurde. Er ging den steilen Waldweg hinauf bis zu jener Stelle, wo sie sich gestern ausgeruht hatten. Sah er nicht ein helles Licht mitten im schwarzen Wald? Der Regen hatte nachgelassen. Es war gegen sechs Uhr. Eigentlich, dachte Dr. von Wyl, müsste das Mädchen jetzt mit der leeren Milchkanne zurückkehren. Er ahnte, dass er sich in der Nähe der Waldlichtung – er hörte den Mühlbach rauschen – befand. Langsam ging er in Richtung des Weges, auf dem Angela erscheinen müsste. Doch was suchte er hier? Er wartete unter einer mächtigen Wettertanne. Niemand kam. Seine Uhr funktionierte wieder nicht, so hätte er diese auch nicht nach dem Kommen des Mädchens richten können. Er wartete trotzdem. Dicker wurde der Nebel, undurchdringlich und kalt. Und von den Ästen der Bäume prasselte die Nässe nieder. Dr. von Wyl wurde schwindlig, als er Schritte hörte. War das nun der Schwindel des Hinunterschauens?

Frisch geduscht, in ausgebeulten Manchesterhosen und einem grünen Rollkragenpullover, stand Dr. Zünd abfahrbereit an der Türe. Er wirkte übermüdet, seine Augen lagen in tiefen Höhlen, er war unruhig, gespannt.

«Etwas Interessantes?», fragte Dr. von Wyl, der sich, vom Regen durchnässt, die Haare mit einem Frottiertuch trocken rieb.

«Nichts Wichtiges, was du wissen müsstest, ein alter Mann im Büchel mit Atemnot, ich habe das schnell erledigt.»

«Was mich alles erwartet!» Das Lid von Dr. von Wyl zitterte wieder, auch hatte er Mühe, tief durchzuatmen. Sein Herz schlug zu schnell.

«Was sind das für Männer, die eine Frau den ganzen Nachmittag allein lassen?» Vivienne, es war deutlich zu hören, war verstimmt.

«Männer, die zu arbeiten haben», sagte Dr. Zünd. Er war nicht zum Streiten aufgelegt und holte seine Reisetasche.

«Und wo warst du, wenn ich fragen darf?» Dr. Zünd schaute seine Frau mit Verachtung an.

«Das geht dich gar nichts an! Ich brauche kein Alibi, das habe ich nicht nötig. Und wo war er?», fragte sie giftig und zeigte auf Dr. von Wyl, dessen Hände zitterten und dessen Augen tränten.

«Mehr als eine Stunde allein im Wald!», triumphierte sie.

Schnell verliess Dr. von Wyl die Stube. Er dachte – und er hätte nicht sagen können, warum ihm gerade jetzt dieser Gedanke kam –, dass auch der blaueste Himmel die dichteste aller Wolken ist.

«Ich habe das Auto vor der Praxis parkiert», sagte Dr. Zünd und stieg hinten in den Subaru, «nur dass ihr es wisst.»

«Mir ists gleich», sagte Vivienne und fuhr schnell, zu schnell auf der nassen Strasse und zu gefährlich im dichten, die Sicht einschränkenden Nebel. Sie waren allein unterwegs und erreichten den Bahnhof am Ufer des Sees noch vor Einfahrt des Intercity-Zuges. Vivienne war wegen des langen Ausbleibens ihres Mannes erzürnt und wollte nicht auf die Abfahrt des Zuges warten.

«Komm», sagte Dr. von Wyl, «das sind doch nur noch zehn Minuten. Du siehst ihn nun für eine Woche nicht mehr.»

Doch Vivienne schüttelte den Kopf, reichte ihrem Mann nachlässig die Hand zum Abschied und eilte durch den Regen zu ihrem Auto zurück.

Dr. Zünd überreichte seinem Freund das Handy und die Autoschlüssel des Range Rovers. An den Tresorschlüssel dachte niemand.

«Machs gut, und vielen Dank. Ich bezahle dich fürstlich, damit kannst du rechnen.»

«Viel Glück bei deinem Auftritt», wünschte Dr. von Wyl, «gute Reise!»

Es kam für Dr. von Wyl überraschend, dass sein Freund ihn zum Abschied umarmte. Und Vivienne wartete mit laut stampfendem Motor und aufgeblendeten Scheinwerfern im Auto. Allein blieb Dr. Zünd, den Lodenmantel über dem Arm, neben ihm die Reisetasche, auf dem Bahnsteig zurück. Das Postauto stand hell erleuchtet und abfahrbereit auf dem Platz vor dem Bahnhof. Es wartete die letzten Bahnreisenden ab, um sie in die Höhe zum Dorf zu transportieren. Dr. von Wyl, sich die feuchten Hände wiederholt reibend, schwieg auf der weiten Fahrt zum Haus von Viviennes Freundin. Er war todmüde.

«Und, wie gefällt dir meine Freundin Claire?», fragte Vivienne Dr. von Wyl, der neben ihr sass. Sie waren auf dem Weg nach Hause, noch immer regnete es. Es war spät geworden.

«Eine spezielle Frau», sagte Dr. von Wyl, er hatte zu viel getrunken und deshalb Mühe, die Sätze richtig zu formulieren.

«Was ist denn das Spezielle?» Vivienne fuhr mit dem weissen Subaru sehr schnell durch die engen Kurven. Dr. von Wyl stützte sich auf ihren Oberschenkel ab.

«He, du kitzelst mich!», rief Vivienne erregt.

«Tut mir leid», sagte Dr. von Wyl und lachte, er lachte laut und ohne Ende. Es ist zu viel für mich, dachte er, ich schaffe das nicht.

Als sie durch das Dorf fuhren und in der Ferne, oberhalb der Hauptstrasse, die Praxis sahen, wanderten seine Gedanken zur morgigen Sprechstunde und ein Gefühl der Verzagtheit überfiel ihn. Der Wein verwirrte seine Sinne: Dass er Licht in der Praxis gesehen hatte, behielt er für sich. Fiat lux, murmelte er, das Licht des ersten Tages. Vivienne hatte nicht zugehört.

Beide schwiegen sie, als sie in die Strasse zum Haus einbogen. Die lieblichen Töne des Violinkonzerts blieben in Dr. von Wyls Erinnerung hängen wie die Worte des Kinderchors: «In vollem Glanze steige jetzt die Sonne strahlend auf.»

«Ich kann dir nichts mehr bieten», sagte Vivienne und verabschiedete sich noch vor der Hautüre. Nervös bellend hatte Alba sie empfangen, immer wieder bellte sie in die Nacht hinaus. Einen Grund für das auffällige Verhalten von Alba fand Dr. von Wyl aber nicht. Er schüttelte missbilligend den Kopf, noch vor kurzem hatte ihn das Tier doch freundlich begrüsst.

«Du», sagte er, «ich rufe noch schnell ins Tessin an.»

Das Gespräch mit seiner Freundin, das nicht zustande kam, da dauernd das Besetztzeichen ertönte, fingierte er. Wie lieb von dir, sagte er, wie schön, sagte er, auch ich denke an dich, natürlich, ich freue mich so, also tschau, schlaf gut! Doch Vivienne wollte vom Inhalt des Gesprächs nichts wissen. Sie verstaute in der Küche Speiseresten im Kühlschrank.

Dr. von Wyl fiel in einen bleiernen Tiefschlaf, während im Haus noch für einige Zeit Schritte zu hören waren.

Ein dritter Tag.

Das Telefon klingelte unerträglich laut auf dem Nachttisch. Dr. von Wyl hatte Mühe, sich zu orientieren, lange liess er es läuten.

«Von Wyl, Riccardo», sagte er, als müsste er sich militärisch melden.

«Holzer, Polizist, Herr Doktor, kommen Sie, es ist dringend, Angela wurde gefunden.»

Dr. von Wyl verstand kein Wort. Schlaftrunken erkundigte er sich nach dem Weg. Langsam erinnerte er sich an die von Dr. Zünd gestern erwähnte Waldlichtung.

«Ja», sagte er, «wenn ich kommen muss, komme ich; aber wer ist gefunden worden?»

Er erhielt keine Antwort, schon war die Leitung abgebrochen. Zum Glück fand er die von Dr. Zünd gezeichnete Karte auf dem Garderobeschrank.

Er hatte – sich des Gesprächs in der Fernsicht erinnernd – alles Notwendige eingepackt, sich nur kurz gewaschen, das Bett in Ordnung gebracht und auf einen Zettel geschrieben: Notfall, komme gleich zurück! Alba nahm er mit. Sicher ist sicher, dachte er, und bestieg mit weichen Knien das kleine Auto. Es blieb keine Zeit mehr, um in die Praxis zu fahren. Jetzt erst bemerkte von Wyl, dass er seine Armbanduhr vergessen hatte.

Noch immer regnete es, und die Strasse war in der Dunkelheit des Waldes nur mit Mühe zu erkennen. Dr. von Wyl fixierte den weissen Mittelstreifen. Einmal rannte ein Tier durch das Schweinwerferlicht. Ein Wolf!, dachte Dr. von Wyl entsetzt, oder doch eher ein Fuchs. Er versuchte, sich auf das Wesentliche zu konzentrieren. Was hatte ihm sein Freund geraten? Das Einfache ist das Richtige. Ein weisses, kleines, zweitüriges Auto mit sich hin- und herbewegenden Scheibenwischern stand neben der Strasse unterhalb einer Wettertanne. Es war leer.

Bei der Waldlichtung bog er ab. Das Auto musste er wegen der schlechten Strasse mit grossen Schlaglöchern bald verlassen. Zu Fuss, begleitet von Alba, ging er durch ein steiles, nebelverhangenes Waldgebiet. Vor sich im Wald, etwas oberhalb des Weges, sah er helle Lichter. Jetzt hatte er die Autos, die in der Wiese standen, erreicht. Sein Koffer hing an seiner Hand wie ein tonnenschwerer Stein.

«Holzer», sagte laut ein schmächtiger Mann.

«Ich bin der Doktor.»

«Freut mich», sagte Holzer und reichte Dr. von Wyl die Hand, «Polizeihauptmann Holzer.»

Der Name, dachte Dr. von Wyl, passt nur zur Form, aber nicht zum Inhalt.

«Das nehme ich an», sagte ein Mann mit grauer Hose und Lederjacke unfreundlich, «dass Sie der Doktor sind.»

Dr. von Wyl konnte beobachten – und es überraschte ihn –, dass Tränen in seinen Augen standen.

«Herr Rothen!» Dr. von Wyl war froh, wenigstens den Mann vom Behindertenheim zu kennen.

«Sie ist da hinten, unter der Felswand», sagte der Gemeindepolizist, und zeigte Dr. von Wyl eine Abkürzung zu einem in der Höhe gelegenen, schmalen Trampelpfad. Unaufhörlich tropfte es von den Ästen der Bäume.

«Ich meine», sagte der Mann in der Lederjacke, «die kennt doch den Weg, oder? Seit Jahren, immer da durch. Die kennt doch jeden Stein, die kennt doch … »

«In diesem Wetter, bei diesem Nebel ist eben alles möglich», sagte der Gemeindepolizist.

«Da rutscht man doch leicht aus», sagte Herr Rothen, «das könnte jedem passieren.»

Jetzt waren sie unterhalb einer Felsplatte angekommen und hier lag – verhüllt von einem Tuch, auf dem Tobelmühle stand – ein Mensch.

«Mein Gott», sagte Dr. von Wyl leise und sein Lid zuckte so heftig, dass ihm die Tränen über die Wangen rollten und ihm das Sehen erschwerten.

«Soll ich?», fragte der Polizist und entfernte die Decke vom Kopf.

Es war hell mitten im Wald, die tragbaren Lampen der Männer blendeten. Die Musik der Violine und Angela, die ganz aussen gesessen hatte, kamen Dr. von Wyl schlagartig in den Sinn; und auch ein vor langer Zeit gelesenes Gedicht: «Die Nacht ist tief, nur der Tod macht sie lichter» – Doch an die Fortsetzung erinnerte er sich nicht.

«Die Bestätigung brauchen wir», sagte Holzer, der Polizist. «Den Rest überlassen Sie ruhig mir.»

«Das Kind!», entfuhr es Dr. von Wyl und mechanisch beugte er sich nieder und fasste den Puls am Handgelenk. Kalt fühlte sich die Haut an, starr war die Muskulatur. Blaue Flecken oder schwarze sah er auf der Innenseite des Ellbogens. Kein Zweifel, das war Angela – und Angela war tot. Gross die Pupillen der halb geöffneten Augen; im Licht der Taschenlampe schien die wässerig-blaue Farbe ihrer Augen einem Bergsee ähnlich. Alba schnupperte an den nassen, am Kopf des Kindes klebenden Lockenhaaren und wedelte heftig mit dem Schwanz. Das Mädchen schien zu schlafen, es hielt den Kopf leicht zur Seite gedreht – und es war schön, noch immer. Dr. von Wyl erkannte das helle, blaue Kleid, das es beim Konzert getragen hatte – und in seinem Kopf hörte er die Mädchen singen: «Und laut ertönt aus ihren Kehlen des Schöpfers Lob» –, welches, als er die Decke ein wenig zur Seite schob, um das Herz abhorchen zu können, bis über der Hüfte nach oben gerutscht war.

«Sie ist tot», sagte Dr. von Wyl.

«Ein Unfall», sagte der Gemeindepolizist.

«Vom Weg gestürzt, über die Felsplatte, oder?», fragte Herr Rothen, oder besser: stellte er fest. «Das stimmt, nicht wahr, nicht wahr?»

«Wer hat das Kind gefunden?» Dr. von Wyl fragte, weil er sonst nichts zu fragen wusste, und weil er das Gefühl hatte, fehl am Platz zu sein. Als Arzt, dachte er, habe ich meine Tätigkeit bei den Lebenden auszuführen, und das genügt mir. Sein Lid zuckte, und er hatte Mühe, scharf zu sehen. Ein Schleier behinderte sein Sehen.

Von den Schuhen der Männer, alle trugen sie Stiefel, war der Boden aufgeweicht und zeigte Spuren breiter Sohlenprofile.

Da ihm niemand antwortete, sagte der Mann mit der Lederjacke:

«Einer vom Heim, ein Spinner, was sucht der nachts im Wald, häh?»

Dr. von Wyl deckte den Kopf des Kindes wieder zu. Es soll schlafen, dachte er, ewig schlafen, so will ich es in Erinnerung behalten.

«Alles klar», sagte der Gemeindepolizist. «Nehmen Sie sie mit, Herr Rothen, zur Aufbahrung, meine ich?»

«Ja, sicher, kein Problem», sagte Herr Rothen, «wir haben da Erfahrung im Heim.»

«Nur für ein, zwei Tage», sagte Holzer leise.

«Ein Unfall», sagte Dr. von Wyl und war froh, dass er

keine Wiederbelebungsmassnahmen durchführen musste. Das A-air-B-breathing-C-circulation hatte er nur theoretisch gelernt, aber nie praktiziert.

Einige der Männer nickten und massen mit dem Daumen die Höhe der schrägen Felsplatte ab.

«Eine Sektion? Nein», Dr. von Wyl gab sich die Antwort selber, «das braucht es nicht, Schädel- oder Genickbruch, nicht wahr?»

Er hatte laut gesprochen, doch niemand ging auf seine Feststellung ein. Die Augen der umstehenden Männer schauten ihn an und durch ihn hindurch. Hörten sie überhaupt zu?

Noch standen die Männer in einem Halbkreis um das Opfer. Niemand bewegte sich.

«Bist ein Dummerchen», flüsterte der Mann mit der Lederjacke und weinte leise. «Nein, nein, aufschneiden müssen sie dich nicht; nicht auch noch das, die haben genug mit dir getan.»

Alle schwiegen betroffen, oder sie taten, als ob.

Nach einiger Zeit sagte Herr Rothen:

«Ich hole einen Lieferwagen, Schwester Gudwella kommt mit Ihnen.» Der Mann in der Lederjacke nickte und ging zu Rothens Auto. Leise sagte Herr Rothen zu Dr. von Wyl:

«So um halb vier Uhr ist der Balzli gekommen, ganz verstört, er habe Marie gefunden. Und dann das!»

«Warum war das Tor der Anstalt wieder offen?», fragte Dr. von Wyl, er erinnerte er sich an Dr. Zünds Feststellung von gestern. Er sah Balzli mit den struppigen Haaren und der vernarbten Lippe vor sich stehen, und er hörte die Violine der Japanerin laut musizieren, und er hörte «Marie, Marie!» rufen.

«Nicht der Rede wert», sagte Herr Rothen, «das kommt nicht mehr vor. Aber Valium, Herr Doktor, das war auch gar nichts.»

«Hier das Formular», sagte der Polizist, als die beiden Männer allein im Wald zurückgeblieben waren.

«Ja, natürlich», sagte Dr. von Wyl. Unter der Rubrik Todesursache machte er ein Kreuz bei Unfall. Er unterschrieb die Todesbescheinigung, obwohl der Kopf des Formulars noch nicht ausgefüllt war.

Langsam gingen die Männer dem Weg entlang zu den Autos zurück. Alba bellte in den Wald hinein. Es dämmerte, leicht fiel Regen aus einer dicken Nebelwand.

«Traurig», stellte Holzer fest, «ein Unfall halt, das gibts häufig auf dem Land. Die Leute leben eben gefährlicher hier als bei Ihnen in der Stadt.»

«Schon möglich», antwortete Dr. von Wyl. Er fühlte sich unwohl und wollte den Wald so schnell als möglich verlassen.

«Wer sagts den Eltern?», fragte Dr. von Wyl.

«Der mit der Lederjacke war der Vater», meinte Holzer und lachte hinter vorgehaltener Hand. «Ein armer Mann, nicht wahr?»

«Adieu», sagte Dr. von Wyl und musste die Tränen zurückhalten. Mit grosser Mühe wendete er das Auto auf der schmalen Strasse. Was für einen Einstieg, dachte er, mein Gott, wenn ich das gewusst hätte! Diese Welt, sinnierte er weiter, ist nichts anderes als der Albtraum eines schlafenden Gottes. «Gott, du Donnerwort!», sagte er laut, und Alba hob den Kopf. Langsam folgte er der Strasse waldabwärts. Das weisse Auto bei der Wettertanne war verschwunden.

Er kraulte Alba zwischen den Ohren und seine Hände waren nass vom Fell des Hundes. Langsam fuhr er nach Hause. Nichts eilt mehr, dachte er, alles zu seiner Zeit. Bevor er das Auto verliess, war er darauf bedacht, seine Hosenstösse von Lehmkrusten zu reinigen, die Schuhe mit einem Taschentuch vom Dreck zu befreien und die Falten seiner

Hose glatt zu streichen. «Die Nacht ist tief, der Tod nur macht sie lichter; wie wenn ein Schleier sinkt von sämtlichen Gesichtern!» Jetzt hatte er die fehlende Verszeile wieder gefunden.

Vivienne stand unter der Haustüre und hatte die Neuigkeit schon erfahren. Frau Holzer, die Frau des Polizisten und Vizepräsidentin der Landfrauen, hatte sie vor wenigen Minuten informiert.

«Was muss die auch immer zu den Grosseltern durch den Wald rennen», sagte sie, mehr zu sich selber, sie erwartete keine Antwort.

Dr. von Wyl schwieg, während er Kaffeetasse um Kaffeetasse leer trank.

«Ein Unfall», sagte er nach langem Schweigen.

Vivienne antwortete nicht, sie hatte in der Küche aufzuräumen.

«Ich werde es heute noch Schorsch sagen», sagte Dr. von Wyl. Irgendwie musste er seine medizinischen Fragen loswerden. Zu Vivienne hatte er kein Vertrauen, warum, wusste er nicht.

«Man soll ihn erst abends anrufen», erwiderte Vivienne, «er will am Tag nicht gestört werden.»

Dr. von Wyl hatte Mühe, vom Tisch aufzustehen, obwohl er wusste, dass ihn die Patienten und vor allem Schwester Ursina erwarteten.

Mit einer halben Stunde Verspätung – er hatte seine Uhr geholt und gerichtet – brach er auf. Zu Fuss und im Nieselregen legte er den Weg zur Praxis ins Dorf hinunter zurück. Beim Gehen erinnerte er sich an den Chor der Kinder: «In des Abgrunds Tiefen hinab zur ewigen Nacht.» Das muss, dachte er, der erste Tag der Schöpfung sein!

Er stellte sich immer wieder Angela vor: vorne auf dem Podest im Sternensaal mit weissen Lippen, blutarm, durchsichtig; und als Tote mit am Kopf klebenden Lockenhaaren, mit blauen Augen und schlafend.

Patienten warteten vor der Praxis. Freundlich begrüssten sie den neuen Arzt.

Schwester Ursina, eine ältere Frau mit nackenlangen, grauen, mittelgescheitelten Haaren, einem verbitterten, bleichen Gesicht und in einem weissen langen Mantel hingegen war unzufrieden; einiges, sagte sie, hätten sie vorher besprechen müssen.

«Schwester Ursina», sagte Dr. von Wyl, «Sie machen Ihre und ich mache meine Arbeit – einverstanden?»

Stumm ging Schwester Ursina mit dem Besen durch das Sprechzimmer, offenbar hatte sie Schmutzspuren entdeckt.

«Und das nächste Mal», sagte sie, «schliessen Sie bitte die Fenster, bevor Sie gehen.»

Dr. von Wyl wusste nicht, worauf sie anspielte. Er begann mit der Sprechstunde und war froh, dass einige italienisch sprechende Patienten seine Hilfe benötigten. Er fühlte sich, seit seinem Italienaufenthalt vor etlichen Jahren, in dieser Sprache fast zuhause. Heute noch mehr als sonst.

Als ein Italiener von seinem Sturz auf dem Velo vor einigen Tagen erzählte, weil er das Knie nicht mehr biegen konnte und deswegen ein ärztliches Zeugnis für den Arbeitgeber brauchte, widerhallte es im Kopf von Dr. von Wyl: Sono caduto, sono caduto, sono caduto.

Erst gegen Mittag, als sich der Ansturm der Patienten gelegt hatte und Schwester Ursina mit Blut- und Urinuntersuchungen fürs Erste beschäftigt war, dachte Dr. von Wyl an das Knie des Italieners zurück: Ich stürze, überlegte er, heisst immer auch ich bin gestürzt oder passiv ich werde gestürzt. Wo sind da die Unterschiede? Und zum ersten Mal beschlich Dr. von Wyl das Gefühl, dass er am frühen Morgen vielleicht einen Fehler begangen hatte.

Als er am Mittagstisch sass, müde und abgekämpft, kam er sich vor, hätte er sich gewünscht, von allem nichts zu hören, nichts zu wissen. Doch Vivienne begann, sobald sie beiden die Gerstensuppe geschöpft hatte, von Angela und von deren Schwester Maria zu erzählen.

«Da ist der Wurm drin», meinte sie. «Das ist doch nicht normal, dass zwei Kinder in einer Familie so früh sterben, die eine an einer Lungenentzündung und die andere an einem Unfall. Zum Glück haben die noch einen Buben, der ist älter, stärker, der Sandro. Der wird mal den Hof übernehmen, das ist klar.»

«Das gibts», erwiderte Dr. von Wyl gelassen. Er hatte keine Lust zu sprechen und noch weniger zuzuhören.

«Die Suppe schmeckt gut», fügte er versöhnlich hinzu.

«Morgen bin ich, wie gesagt, für zwei Tage weg», sagte Vivienne.

«Ach, das tut mir leid. Man müsste unbedingt Schorsch informieren. Er muss doch wissen, was geschehen ist.»

«Was tut dir leid?»

«Entschuldige, aber ich bin mit meinen Gedanken nicht hier.»

«Das Essen ist im Kühlschrank, wenn du etwas willst, alles ist hier, für Alba hat es Büchsenfutter, auch für Lulu.»

«Ich gehe in die Fernsicht, ich werde nicht kochen.»

«Typisch Mann.»

Schweigend löffelten sie die Suppenteller leer. Die Käserösti war dunkel gebraten, verbrannt.

Anstatt sich dafür zu entschuldigen, sagte sie nur:
«Wenn du so spät kommst, brennt es eben an.»

Hell und dunkel, Tag und Nacht, schlafen und wachen, der blonde Lockenkopf, die durchsichtige Haut, das schlafende Mädchen. Dr. von Wyl sah Angela immer wieder vor seinen Augen.

«Woran starb Angelas Schwester?», fragte Dr. von Wyl mit leiser, zögernder Stimme.

«Sie war noch einige Jahre jünger, gleich hübsch, stell dir vor! Die Angela ist doch süss, oder? Das musst du besser wissen, das musst du doch zugeben. Ist deine Angebetete auch so süss? Ich bin mir nicht sicher, aber George sprach damals von einer beidseitigen Pneumonie als Todesursache.»

«Süss ist ein Dessert», sagte Dr. von Wyl unwillig und räumte das Geschirr schweigend zusammen.

Laut klingelte das Telefon.

«Nein», rief Dr. von Wyl, «bitte nicht! Ich bin nicht da.»

«Und ob du da bist», sagte Vivienne und eilte zum Telefon.

«Ja, natürlich, nur einen Moment, ich hole den Doktor sofort.»

«Es ist der Gemeindepolizist.»

«Ja, von Wyl.»

«Herr Doktor, entschuldigen Sie die Störung, doch Sie haben vergesssen, auf dem Formular den Todeszeitpunkt einzutragen. Welchen Zeitpunkt des Todeseintritts haben Sie festgestellt?»

Dr. von Wyl zögerte; er spürte, dass nun die Schwierigkeiten beginnen würden, und dass sein Wunsch, so schnell als möglich das Unangenehme hinter sich zu bringen, falsch und unter Umständen gefährlich war. Hilfesuchend schaute er auf seine Uhr: Wieder war der grosse Zeiger stehen geblieben, er zuckte bei 12.04.

«Na ja», sagte Dr. von Wyl und versuchte, Zeit zu gewinnen, «aufgrund der Starre» – er vermied das Wort Totenstarre bewusst – «müsste man den Zeitpunkt des Todeseintrittes also noch vor Mitternacht annehmen: 24.04 ungefähr.»

«Dann schreibe ich – was haben Sie gesagt? Vor Mitternacht? Aber da stimmt etwas nicht: Eher 23.56, ja? Gestern, ja? Das muss immer ganz exakt sein. Einverstanden?»

Dr. von Wyl schwieg. Wieder zuckte sein linkes Augenlid so heftig, dass er sich nicht wehren konnte, sein Blick wurde unscharf, das Zimmer schien zu schwanken.

«Und», fragte Holzer weiter, er gab keine Ruhe, «und bei ‹natürlich› – das haben Sie undeutlich gekennzeichnet – soll ich da wirklich ein Kreuz machen?»

Dr. von Wyl überlegte, er fühlte sich in die Enge getrieben.

Holzer bemerkte die Unsicherheit des Arztes und fragte beinahe ironisch:

«Ist ein Unfall immer natürlich?»

«Natürlich nicht», antwortete Dr. von Wyl und war sich im gleichen Moment der Lächerlichkeit seiner Wortwahl bewusst.

«Aber es war doch ein Unfall?» – Holzer bohrte weiter – «der Herr Doktor hat doch selber vor wenigen Stunden diese Ansicht geäussert.»

«Natürlich», sagte Dr. von Wyl, «ich meine natürlich im Sinn von selbstverständlich natürlich.» Er verhedderte sich zusehends in seinen Angaben; Dr. von Wyl schwieg.

«Wissen Sie», sagte Holzer, «ein Unfall kommt allen entgegen, und wir wollen doch kein Aufsehen, oder?»

Unvermittelt verabschiedete sich der Polizist. Dr. von Wyl kehrte erschöpft an den abgeräumten Tisch zurück.

Vivienne schien der Moment günstig, Dr. von Wyl von Angela zu erzählen.

«Mach dir keine Gedanken! Das kann vorkommen. Alles, was ich von Angela weiss, habe ich von Schorsch. Er hat sie ja sehr intensiv betreut.»

«Was ist das für eine Krankheit, die sie hat – hatte?», verbesserte sich Dr. von Wyl. Er versuchte sein zuckendes linkes Lid vor Vivienne zu verbergen und presste den Zeigefinger gegen das Auge.

«Das kann ich dir nicht genau sagen, etwas Erbliches, so viel ich weiss.»

«Ist darum auch Angelas Schwester Maria so früh gestorben?»

«Was heisst auch? Damals waren die Umstände unklar, das war vor drei, vier Jahren, mein Mann war in jener Zeit ganz durcheinander, sie war ein Mädchen, an dem er sehr hing, sie hat immer so gehustet und war auch blond und irgendwie ähnlich wie Angela, so durchsichtig und schön, sehr, sehr schön – beinahe nicht wie von dieser Welt, wie eine Sternschnuppe, die am Himmel erscheint.»

Vivienne schwieg, in Gedanken an das Kind versunken.

Gerne hätte Dr. von Wyl erfahren, an welcher Erkrankung das Kind damals wirklich gestorben war, doch er wollte sich nicht noch mehr mit dieser Sache beschäftigen oder sich von ihr gar in ein Loch hinabziehen lassen. Basta, sagte er leise zu sich selber.

«Du, ich muss.» Dr. von Wyl beendete das Gespräch abrupt.

Schwester Ursina – gross gewachsen, hager, mit einer den

ganzen Körper wie einen Sack umhüllenden weissen Schürze – stand im Sprechzimmer, durchsuchte die Notizen des Doktors und schüttelte den Kopf. Wieder war der Arzt verspätet.

«Schwester Ursina», sagte Dr. von Wyl, der ohne zu klopfen schnell eingetreten war, «ich schätze Ihre Arbeit durchaus, ich schätze es aber nicht, wenn sie mich überwachen und in den Krankengeschichten herumstöbern.»

«Jeder schaut für sich», erwiderte Schwester Ursina unhöflich und ging schnell zur Türe.

Eine Gruppe Albaner – vier jüngere Männer – betrat kurz darauf ungestüm das Sprechzimmer. In grosser Erregung berichteten sie von einem ihrer Kollegen – Rukiqi hiess der Mann –, mit Hilfe von Handzeichen und mit Bruchstücken englischer Sprache machten sie sich verständlich. Es war ein Rätsel, das Dr. von Wyl zu lösen hatte: du fever / du forest / du kommen / du no sleep. Das Heim, folgerte Dr. von Wyl, heisst Zur Tanne, jemand muss dort krank mit Fieber und ohne Schlaf zuhause liegen.

«Schwester Ursina», rief Dr. von Wyl laut, «kommen Sie! Nach der Sprechstunde zeigen Sie mir bitte den Weg zu den Asylanten. Und noch etwas:» – Dr. von Wyl hatte seine Stimme gedämpft – «ich brauche die Unterlagen von Maria S.; da muss noch eine alte Krankengeschichte vorhanden sein.»

Schnell, ohne zu überlegen, antwortete Schwester Ursina: «Der Herr Doktor hat die Abgänge nicht aufbewahrt.»

Abgänge, was für ein Wort, dachte Dr. von Wyl, und ihn schauderte.

«Ach so, das ist mir aber neu», entgegnete Dr. von Wyl verärgert. «Es gibt eine Pflicht zur Aufbewahrung der Akten, wissen Sie das nicht?»

Schwester Ursina wandte sich ab und blies sich Haarsträhnen, die sich aus dem die Haare glatt an den Kopf pressenden Haarband gelöst hatten, missmutig aus der Stirne.

«Nehmen Sie Stauschlauch und Blutentnahmeröhrchen mit!»

Nach Schluss der Sprechstunde, am späten Nachmittag, verliessen Dr. von Wyl und Schwester Ursina die Praxis. Es regnete in Strömen.

«Wissen Sie», sagte Schwester Ursina, als sie mit steifem Körper neben Dr. von Wyl im Range Rover sass, «noch schlimmer als die Asylanten sind die von der Sekte. Von denen müssen Sie sich nichts vormachen lassen, wenn die Sie brauchen, müssen Sie nicht hingehen.»

«Ich weiss», sagte Dr. von Wyl und wunderte sich über den kleinen Perserteppich im Auto, «Dr. Zünd hat davon erzählt.»

Schwester Ursina war freundlicher geworden, sie genoss es sichtlich, neben dem Doktor im Auto unterwegs zu sein.

Sie fuhren in Richtung der grossen Waldlichtung, und der Weg bis zur Abzweigung im grossen Wald kam Dr. von Wyl bekannt vor. Hier hatte er die Hauptstrasse zu verlassen, um zum Mühlbach, der wegen der Regenfälle der letzten vierundzwanzig Stunden Hochwasser führte und mächtig rauschte, zu gelangen. Nahe am Wasser und unter grossen Tannen stand das Heim der Asylsuchenden: *Am Mühlbach* stand handgeschrieben auf einem Blechschild.

«Eine ungesunde Gegend», dachte Dr. von Wyl laut.

«Besser als zuhause haben es die hier allemal», meinte Schwester Ursina. Und während sie ausstiegen und zum verfallenden, dreistöckigen Gebäude, einer ehemaligen Mühle, gingen, zeigte Schwester Ursina mit dem Finger in Richtung des hohen, von einem Waldsaum begrenzten Hügels.

«Dort ist die Sekte, dort oben», lästerte sie und schüttelte sich vor Abscheu. «Wenn jemand am Tod der Kleinen schuldig sein könnte», fügte sie hinzu, «dann sind es diese dort oben, die im Licht, und nicht die hier unten.»

«Die Kleine? Es war doch ein Unfall!» Dr. von Wyl fühlte sich unbehaglich und strich die Falten seiner Hose glatt.

«Man hört so allerlei.»

«Was denn?»

«Ach, von allem wird geredet. Die Sekte», sagte Schwester Ursina, «betrachtet Krankheit als eine Schuld, als eine Rache Gottes.»

«So ein Mist!», rief Dr. von Wyl und öffnete die Türe des Hauses.

Der Mann, den es zu untersuchen galt, Herr Rukiqi, lag unter zusammengeflickten Decken, er hatte einen Bart und stank nach Feuchtigkeit, Urin und Schweiss. Die Kammer war eng und weitere Pritschen, auf denen andere Männer lagen, versperrten den Weg zu seinem Lager.

«Schwester Ursina», sagte Dr. von Wyl, nachdem er den Mann untersucht hatte, «nehmen Sie bitte das Blut, er hat eine eitrige Bronchits, vielleicht aber auch Tuberkulose. Falls sich dieser Verdacht bestätigt, müssen wir ihn aussondern.»

Herr Reisiger, der Betreuer der Asylanten, war ausser Haus. Dr. von Wyl fragte den Ältesten der Gruppe nochmals nach dem Namen des Kranken. Von dem nur gebrochen deutsch sprechenden Mann erfuhr er, dass der Kranke gestern Abend nicht nach Hause zurückgekehrt sei und seither fiebere. Über die Gründe seines Ausbleibens konnte der Mann keine Auskünfte geben. Das komme manchmal vor, zuhause schliefen sie mit den Tieren auch oft unter freiem Himmel, erklärte der Mann weiter und deutete zum Himmel als einem alles umfassenden Dach.

Während Schwester Ursina zögernd nochmals zum Kranken ging, um die Blutentnahme durchzuführen, holte Dr. von Wyl die Medikamente aus seinem Arztkoffer hervor. Laut, aber im Nebel unsichtbar, schepperte der Motor eines Flugzeugs über dem Wald.

Als Dr. von Wyl den leeren Teller zur Seite stiess und Vivienne den Tisch abräumte und die Fernsehnachrichten einschaltete, zuckte Dr. von Wyls Auge erneut.

«He, hör nur zu!», rief sie.

Es waren gesprochene Nachrichten, die den Unfalltod einer 16-jährigen Schülerin im Wald oberhalb des Mühlbaches in der Nähe der Ortschaft H. zum Thema hatten. Das Signalement der Abgestürzten wurde bekannt gegeben und mitgeteilt, dass die Verstorbene, aus einer Bauernfamilie stammend, aktives Mitglied in der Mädchenriege von H. gewesen sei. Zum Schluss sagte die Fernsehsprecherin, dass die Bestattungsfeier auf den kommenden Mittwochnachmittag angesetzt worden sei.

Dr. von Wyl atmete auf, als er hörte, dass nicht von weiteren Abklärungen, polizeilichen Ermittlungen oder gar Fahndung die Rede gewesen war.

Vivienne telefonierte ins Hotel Merseburger Hof in der Hebelstrasse in Leipzig. Die Rezeptionistin konnte Dr. Zünd nicht erreichen. Unvermittelt wurde die Leitung unterbrochen.

«So ein Ekel! Er wird», ärgerte sich Vivienne, «sich mit einer Schönen den Abend versüssen. Man muss es ihm dringend mitteilen, dass sein geliebtes Mädchen tot ist. Wird der sich wundern! Sie braucht halt meinen Schutz, wird er sagen, und Recht hat er.»

Süss, dachte Dr. von Wyl, muss eines ihrer Lieblingswörter sein.

«Ich werde Angelas Eltern morgen besuchen», sagte Dr. von Wyl.

«Das bringt doch nichts», meinte Vivienne, «er ist auf dem Feld draussen oder im Stall, und sie handlangert hinter ihm her.»

«Ich bin ihnen das schuldig», fuhr Dr. von Wyl fort.

Sein schlechtes Gewissen hatte allerdings mehr mit ihm als mit den Eltern des Mädchens zu tun.

«Das ist doch Sache von Pfarrer Läubli», erwiderte Vivienne. Dr. von Wyl schwieg.

Das Gespräch kam nicht mehr in Gang. Eigentlich, dachte Dr. von Wyl, wäre es an der Zeit, mit meiner Freundin im Tessin zu sprechen. Doch eine eigenartige Hemmung hielt ihn zurück. Er verspürte keine Lust, die ganze Geschichte in Viviennes Anwesenheit nochmals auszubreiten.

«Und wer leitet eigentlich die Mädchenriege?», wollte Dr. von Wyl plötzlich wissen.

«Der süsse Amberg.»

Stumm räumten sie gemeinsam die Küche auf.

Es war spät, als Dr. von Wyl im kleinen Auto – zusammen mit Alba – zur Villa oberhalb des Dorfes unterwegs war.

Vivienne hatte sich unter der Türe, schon im Nachthemd, von Dr. von Wyl verabschiedet:

«Für zwei Tage verlasse ich dieses enge Tal!»

Enges Land, dachte Dr. von Wyl, wäre treffender.

Morgen wollte sie zeitig abreisen, um ihrer Freundin im Nachbarland einen Besuch abzustatten.

«Tschau, und vielen Dank für alles», hatte Dr. von Wyl ihr zugerufen, und belustigt zur Kenntnis genommen, dass Vivienne nicht gezögert hatte, schnell und ungestüm auf ihn zukommend, ihn zu umarmen.

Nun fuhr er durch die engen Kurven zu den obersten Häuser des Dorfes. Der schwere Regen hatte nachgelassen, es nieselte leicht. Nach Mitternacht brannte in keiner der Stuben mehr Licht.

Dr. von Wyl fühlte sich besser, die Abwesenheit der allwissenden Vivienne stärkte ihn. Während er einhändig steuerte, streichelte er Alba zwischen den Ohren und machte sich Gedanken über das in den letzten Stunden Geschehene. Er war sich nicht mehr so sicher, ob Angela wirklich selber gestürzt war – oder nicht doch eher: sono caduta, passiv: gestürzt worden war. Er erinnerte sich an den weit über die Hüfte hochgerutschten Rock und an das Verhalten von Herrn Rothen und an Balzli. Ausserdem kamen ihm auch der die Nacht draussen verbringende Albaner und die Mitglieder der Sekte und ihr befremdliches Krankheitsverständnis in den Sinn.

«Ich werde nicht klug aus der Geschichte», sagte er laut und Alba, als hätte sie etwas Bedrohliches gehört, begann zu knurren. Aber, sagte sich Dr. von Wyl, das ist nicht meine Sache, ich habe mich um die Lebenden und nicht um die Toten zu kümmern. Ich bin Arzt und nicht Totengräber.

Er war vor einem grossen, sich automatisch öffnenden Tor angekommen. Hier wohnte De Villa. Seine Frau (oder Freundin?) hatte den Doktor gerufen wegen – wie sie am Telefon gesagt hatte – Angors, ihres Schatzes. Es hatte wie Angora geklungen.

«Auch das noch», hatte Dr. von Wyl am Telefon geseufzt, «heute bleibt mir nichts erspart, sollen die beiden das Liebesspiel doch Jüngeren überlassen.» Vivienne hatte ihn überrascht angestarrt.

Das weisse, moderne Betonhaus wurde von verschiedenen Scheinwerfern angestrahlt. Zwei vorgelagerte Terrassen und ein grosser Rhododendrenpark waren die auffälligsten Merkmale des weitläufigen Gartens. Das Tor der Garage, das sich gleichzeitig mit dem Gartentor automatisch öffnete und wieder verschloss, gab den Blick auf ein kleines, weisses Auto, auf eine zur Seite gestellte Hollywoodschaukel und auf ein mit Tüchern verhülltes Boot frei. Die Decken, dachte er, habe ich schon einmal gesehen: Tobelmühle lautete die Aufschrift.

De Villa lag stöhnend und schwitzend mit offenem Hemdkragen und einer nur lose über der Brust geknöpften weissseidenen Krawatte auf einer Couch in dem grossen, durch mehrere Stufen in verschiedene Ebenen unterteilten Wohnzimmer. Seine Frau (oder Freundin) trug den kleinen, kläffenden Hund auf dem Arm.

«Laissez votre chien! J'ai peur.» Dr. von Wyl nickte, ihm schien es allerdings unangebracht, dass sich die Frau mehr um ihren Fifi als um den schwer leidenden Mann sorgte. Barbyartig gekleidet mit einem schwarzen, engen, kniefreien Rock und einer nur zur Hälfte zugeknöpften Bluse stand die junge Frau mit der blonden Turmfrisur und mit violetten, langen Fingernägeln unschlüssig neben der Couch und legte ihrem Mann ein nasses Papiertaschentuch auf die Stirne.

«Mon chéri», sagte sie, «mon très, très cher chéri!»
Alba wartete bellend im Auto in der Einfahrt.
Im mit Ledersesseln und Kunst – ein hoher antiker Frauentorso aus Terrakotta ohne Kopf und Beine stand in der Mitte des Raumes – und dicken Teppichen kostbar möblierten Wohnraum fand Dr. von Wyl auf den Tablaren einer Bücherwand lauter kleine, mit schmucken Kleidchen bekleidete, blonde Püppchen. Zum Teil, so sah er aus den Augenwinkeln, fehlten ihnen die Beine.

Dr. von Wyl zögerte nicht lange und, nachdem er den Fakrikbesitzer untersucht hatte, telefonierte er ins Regionalspital.

«Myocardinfarkt», sagte er kurz und bündig.

«Mais non, c'est impossible, pourquoi ca?»

«Was weiss ich, er ist zu aufgeregt, zu unruhig, er braucht Hilfe.»

«C´est ça, vraiment. Depuis ce matin. Depuis cette histoire de la jeune fille, vous savez! Quelle pauvre fille! Il aimait cette très jolie, belle fille … »

Als die herbeigerufenen Ambulanzfahrer den schweren Mann auf die Bahre gelegt und bis zum Kinn mit einem weissen Tuch zugedeckt hatten, verliess Dr. von Wyl das Haus. Erst jetzt bemerkte er, dass das Morphin, das er dem Kranken gerne gegen die starken Brustschmerzen gespritzt hätte, in seinem Koffer fehlte. Langsam und tief in Gedanken versunken fuhr er durch einen zögernd heraufdämmernden Morgen. «Hügel und Felsen erscheinen», dachte er, «der Berge Gipfel steigt empor.»

Ein vierter Tag.

Er hatte Vivienne nicht gehört, nicht ihr Aufstehen und nicht ihre Wegfahrt wahrgenommen. Als er mit Alba einen kurzen Spaziergang zum Birkenwäldchen hinter sich gebracht hatte, kehrte er ins Haus zurück. Es war spät hell geworden, der Himmel klarte nur langsam auf, eine Hochnebeldecke hatte sich gebildet, und es war deutlich kälter. Er war müde, hatte sich aber trotz der kurzen Schlafenszeit einigermassen erholt. Ich werde mich heute ganz auf die Medizin konzentrieren und mich durch nichts ablenken lassen, sagte er zu sich selbst. Es blieb ihm nur noch wenig Zeit, und für das Frühstück begnügte er sich mit dem Wärmen der in einem Milchkessel im Kühlschrank aufbewahrten Milch. Zu den Semmeln ass er im Stehen Quittenkonfitüre. Die Milch kam ihm abgestanden, ja überreif vor. Hier auf dem Land, dachte er und wunderte sich, sollte Milch doch besser schmecken als die pasteurisierte Milch bei uns in der Stadt, offensichtlich ist es aber genau umgekehrt.

Er hatte Lust, Schwester Ursina, die doch wohl schon auf ihn wartete, zu schockieren.

«Komm, Alba», rief er ins Haus, «du kannst mitkommen.» Bevor er das Haus verliess, ging er nochmals in die Stube zurück und betrat – schon im Burberry – das Büro von Dr. Zünd im umgebauten Schopf. Eilig durchsuchte er die Regale: Hier waren die Fotoalben, nach Jahreszahlen geordnet, aufbewahrt. Buch um Buch ging er schnell mit den Augen durch auf der Suche nach Angela. Doch er konnte ihr Bildnis nicht finden. Allerdings fehlten einige Fotos, nur die

Fotoecken klebten noch auf den gelben Seiten. Neben vielen Porträtaufnahmen von – oft schlafenden – Kindern fanden sich auch Tierfotos: Insbesondere Lulu schien der Star der Sammlung zu sein.

Bellend folgte ihm die Hündin, als er das Haus verliess. Da Vivienne mit dem kleinen Auto verreist war, war er gezwungen, zu Fuss zur Praxis zu gehen.

Andres im Heim, dachte er, als er den Himmel betrachtete und eben die matt strahlende Sonne im Osten aufging, Andres darf ich nicht vergessen. Eigentlich kommt mir ein Besuch im Heim durchaus gelegen, denn bei dieser Gelegenheit könnte ich mich noch mit Balzli unterhalten, überlegte sich Dr. von Wyl. Was weiss er über Angela? Und Rothen? Was hatte Balzli so früh am Morgen im Wald gesucht? War Angela Marie? Dr. von Wyl wurde in eine Geschichte hineingezogen, in welcher auch er selber eine zumindest zweifelhafte Rolle zu spielen schien. Das war ihm nun klar.

Seine Uhr ging wieder falsch: 7 Uhr 29, dabei musste es gegen 9 Uhr sein.

Schwester Ursina zeigte ein zweideutiges Lächeln, als er – ziemlich verspätet und mit Alba im Schlepptau – über die Schwelle der Praxis trat.

«Alba wartet im Archiv», sagte Dr. von Wyl und ignorierte die abwehrende Hand seiner Gehilfin. Dort mussten sich, das wusste Dr. von Wyl, auch die abgelegten Krankengeschichten befinden.

«Aber, Herr Doktor, das gehört sich doch nicht, ein Hund ist voller Bakterien, der ist doch nicht sauber. Denken Sie an all die Wunden unserer armen Patienten. Sie könnten sich infizieren!»

«Das ist ganz allein mein Problem, kümmern Sie sich

bitte um Ihren Aufgabenbereich.» Da war es wieder, dieses überhebliche Lächeln der Assistentin. Sie würden sich nie mögen, das wusste Dr. von Wyl.

«Und wo», fragte er und nahm die vielen wartenden Patienten kaum wahr, «wenn ich fragen darf, werden in diesem Haus die Betäubungsmittel aufbewahrt?»

«Im Tresor natürlich, das wissen doch alle», erwiderte Schwester Ursina, noch immer lächelnd. «Nimmt mich nur Wunder, wozu Sie Betäubungsmittel brauchen», wollte Schwester Ursina wissen. Sie lacht süffisant, dachte Dr. von Wyl, ein ekliges Wesen!

«Ich brauche Morphin in meinem Koffer, erledigen Sie das, bitteschön!»

«Der Tresor ist doch abgeschlossen, wissen Sie das nicht?»

«Dann öffnen Sie ihn!»

«Herr Dr. Zünd ist der Inhaber des Schlüssels und der rechtmässige Besitzer der Betäubungsmittel, und nicht Sie! Und der Tresor ist abgeschlossen.»

«Ich danke Ihnen für ihre freundlichen und hilfreichen Worte.»

Dr. von Wyl war wütend. Er erinnerte sich, dass Schorsch ihm den Schlüssel nicht ausgehändigt hatte. Aber wer gab Schwester Ursina das Recht, ihn so zu behandeln? Schliesslich war er der Doktor. Dr. von Wyl zitterte und sein Lid machte Kapriolen. Von seiner Armbanduhr ganz zu schweigen. Es würde mich nicht überraschen, dachte er, wenn Schwester Ursina auch zur Sekte gehörte, denn Kleidung, Haare und Ansichten erinnerten Dr. von Wyl an die der Sektenmitglieder.

Die erste Patientin, eine schwarz gekleidete Frau Mitte fünfzig in einem langen Rock und einer gestrickten, dunklen

Jacke und mit einem geflochtenem Haarzopf, musste sich einer Gehörprüfung unterziehen.

«Mir fehlt nichts, ich brauche nur ein ärztliches Attest.»

Dr. von Wyl führte mittels Stimmgabel und Flüstertest die üblichen Abklärungen durch und unterschrieb das gewünschte Zeugnis. Als Adresse las er neben dem Namen der Frau Engi. Eine von der Sekte, durchzuckte es seinen Kopf, auch das noch.

«Übrigens», sagte die Frau schon im Stehen, «wir haben nichts mit der Sache und dem Mädchen zu tun, nur dass Sie es wissen.»

«Das denke ich auch», sagte Dr. von Wyl; und obwohl ihn sein Freund gewarnt hatte, sich in nichts einzumischen, fügte er, alles in eine Waagschale werfend, hinzu:

«Wenn es ein Unfall ist, haben Sie Recht, nicht wahr?»

«Was will der Herr Doktor damit sagen?»

«Krankheit», sagte Dr. von Wyl und zuckte dabei leicht mit dem linken Augenlid, denn er spürte, dass er sich auf glitschiges Terrain begab, «Krankheit ist keine Sünde.»

«Oh doch», eiferte sich die Frau mit rotem Gesicht, «ein solcher Tod kommt nie von ungefähr. Lassen Sie sich das gesagt sein. Strafe ist gerecht, spricht Gott, Strafe muss sein, sagt Gott, und Gott ist das Wort, und Krankheit ist Strafe, ist Sünde.»

Hastig verliess die Frau das Sprechzimmer, und Dr. von Wyl stand verdutzt bei der Türe. Er stellte sich an das Fenster, unfähig, sich zu rühren. Überrascht stellte er fest, dass die Frau, die eben das Haus verliess, sich umdrehte und ihm zuwinkte. Oder galt das Winken Schwester Ursina?

Alba winselte hinter der verschlossenen Archivtüre. Sobald sich die Gelegenheit ergab – die letzten Patienten waren abgeklärt –, ging Dr. von Wyl zu ihr, um sie zu beruhigen.

«Ganz ruhig, bald ist Mittag», sprach er dem Hund zu, «und wir gehen in die Fernsicht, da kannst du mitkommen.»

Er spürte Schwester Ursinas Blicke auf seinem Rücken. Doch als ob nichts dabei wäre, durchstöberte Dr. von Wyl unter dem Buchstaben S alle seit Jahren hier abgelegten Krankengeschichten. Es war schon merkwürdig: Unter Maria S. fanden sich keine Krankenblätter.

«Assistentin», rief Dr. von Wyl ironisch, «hätten Sie die Güte und mir zu erklären, warum Ihr geliebter Herr Doktor Chef nicht alle Krankengeschichten im Archiv aufbewahrt hat?»

«Die Toten lassen sie gefälligst in Ruhe. Das ist der Wunsch von Herrn Doktor Zünd und diesen gilt es heute und in den nächsten drei Tagen zu respektieren.»

«Angela gehört also schon lange zu den Toten? Interessant, sehr interessant!»

Beleidigt schwieg Schwester Ursina.

«Was bezwecken Sie», fragte sie giftig, «mit dieser doppeldeutigen Frage?»

Selbst für Dr. von Wyl kam sein Ausbruch von Hass unerwartet.

«Wo waren Sie, sagen Sie, am vergangenen Sonntagabend, Schwester, sagen Sie!»

«Das ist doch lächerlich, Sie verlieren die Nerven, Herr von Wyl. Was wollen Sie von mir? Nehmen Sie sich gefälligst in acht!»

«Sie verheimlichen mir Wichtiges, das akzeptiere ich nicht. Sind Sie offen, sind Sie ehrlich, so lasse ich nicht mit mir spielen!»

«Mit gleichem Recht kann ich Sie fragen: Und wo waren

Sie denn, Herr Doktor von Wyl, am Sonntagabend zwischen fünf und sieben Uhr? Sie sind fremd hier, was suchen Sie hier eigentlich, lassen Sie mich in Ruhe!»

«Warum», fragte Dr. von Wyl überrascht und wie ertappt, «zwischen fünf und sieben Uhr?»

«Die Mordzeit, Herr Doktor, das wissen gerade Sie doch am besten!»

Eilig und wütend verliess Dr. von Wyl die Praxis und ging keuchend bergauf in Richtung Dorfmitte und Fernsicht.

Diese Person …, es ist ja unglaublich, da opfere ich mich auf und kümmere mich um alle diese Kranken hier, und dann eine solche Anschuldigung. Verdammte Frechheit! Ein Skandal!

Dr. von Wyl konnte sich kaum mehr beruhigen. Nur gut, dass Alba mit ihren Luftsprüngen ihn aufzuheitern wusste.

Er hatte Schwester Ursina – aus Zorn, als Strafe – per Postauto mit einem Sputumbecher zu den Albanern geschickt, um die möglicherweise im Auswurf des kranken Albaners Rukiqi nachweisbaren Tuberkelbakterien zu diagnostizieren.

Hell schien eine matte Sonne durch einen mit dünnen Hochnebeln verschleierten grauen Himmel.

Vor der Fernsicht zögerte Dr. von Wyl. Plötzlich verliess ihn der Mut. Die vielen vor der Wirtschaft parkierten Autos – Lastwagen, Lieferwagen, Traktoren – zeigten, dass er nicht allein sein würde. Trotzdem ging er in die Wirtschaft hinein.

Die meisten Tische waren gut besetzt. Er wurde von einigen der Männer freundlich, aber distanziert mit «En Guete, Herr Doktor» begrüsst. Hinten, in der Nähe der Fensterfront, fand er einen freien Tisch: Hier hatte er zusammen mit Alba genügend Platz. Es war laut in der niedrigen, hell gestrichenen, grossen Wirtsstube; viele Männer, zum Teil an der Theke stehend und sich über die Tische hinweg unterhaltend, nahmen hier ihr Mittagessen ein. Die fettigen Dämpfe aus der Küche brannten in Dr. von Wyls Augen. Aus der Ferne war Radiomusik zu hören, später die Mittagsnachrichten. Ganz hinten fand sich wieder die Gruppe der Albaner. Dr. von Wyl konnte sich täuschen – seine Augen tränten –, aber es kam ihm vor, als ob der bärtige Kranke, den er erst gestern untersucht hatte, sich auch unter ihnen befinde.

Das angrenzende Säli war besetzt: Trachtenverein las Dr. von Wyl an der Saaltüre. Er sass in der Nähe einer Glasvitrine, die mit einer weiss-roten Fahne ausgeschlagen war und in der einige verstaubte Pokale standen.

Er bestellte bei der jungen Service-Aushilfe, einer üppigen Blondine, die Wirtin war hinter der Theke mit dem Ausschank des Biers und der Durchreiche der Speisen aus der Küche beschäftigt, das Hauptmenü: Kalbsbratwurst, Pommes frites, Eisbergsalat. Und zum Trinken: eine Flasche Chianti.

Es kam ihm vor – aber er konnte sich täuschen –, als ob die Stimmen seit seinem Eintritt gedämpfter geworden und als ob einige der Männer von seinem Tisch weggerückt seien. Auch gingen häufig Blicke in seine Richtung. Und wurde nicht sein Name genannt, hinter vorgehaltenen Händen Angela und von Wyl geflüstert?

Es war spät geworden, viele Gäste brachen auf. Die nahe Kirchturmuhr schlug zwei; mit Zufriedenheit stellte Dr. von Wyl fest, dass seine Armbanduhr endlich richtig ging. Alba hatte sich an der Hälfte der Wurst, die ihr Dr. von Wyl unauffällig unter dem Tisch zugeschoben hatte, gefreut. Aus dem Radioapparat ertönte laut: «Ein Vogel auf dem Zwetschgenbaum», ein Schlager, den die Gäste mitsummten.

Als die Wirtin hinkend an Dr. von Wyls Tisch kam und ein Rezept für ihr Rheumamittel verlangte, blieb sie eine Weile stehen und reinigte ausgiebig die Tischplatte.

«Sie haben es streng, nicht wahr?»

«Ja, wenn ich das gewusst hätte», lächelte Dr. von Wyl, «wäre ich nie hierher gekommen.»

«Haben Sie sie wirklich gesehen?»

Die Gespräche der noch zurückgebliebenen Männer waren schnell verstummt und die junge Serviererin stellte sich in der Nähe auf und öffnete ein Fenster. Kalte Zugluft drang herein. Dr. von Wyl fror.

«Ja, natürlich, in meinem Beruf, wissen Sie, ist das nicht die erste Tote, und,» setzte er nach einer Pause hinzu, «sicher auch nicht die letzte.»

«Und nicht die letzte», wiederholte die Wirtin und schüttelte bedächtig den Kopf. «Aber, sagen Sie mir, wie war sie denn? War sie so schön, wie erzählt wird?»

«Wie im Schlaf», sagte Dr. von Wyl und seine Antwort kam ihm ehrlich vor, «oder wie gemalt». Genau so! Und Dr. von Wyl dachte: Wie unter einem Schleier.

«Also nicht eklig, scheusslich, stinkig. Wissen Sie», versuchte die Wirtin ihre Frage zu erklären, «mir macht das alles Angst und irgendwie graust es mich.»

«Das kann ich gut verstehen», sagte Dr. von Wyl.

Sie wurden unterbrochen. Ein neuer Gast war eingetreten und steuerte direkt auf den Tisch von Dr. von Wyl zu. Es war Lehrer Amberg, wie Dr. von Wyl – sich an das Konzert im Sternensaal erinnernd – sofort erkannte.

«Darf ich mich zu Ihnen setzen?», fragte der Mann.

Der Lehrer, der einige Jahre in Petersburg verbracht hatte und für die Russen im Allgemeinen und für die russische Literatur im Speziellen schwärmte – Schorsch hatte darüber berichtet –, trug einen verfilzten, langen Mantel mit Fellen an den Armstössen und am Kragen. Der Kopf war mit einer Fellmütze bedeckt. Lange Haare, vor allem im Nackenbereich, reichten bis zu seinen Schultern. Eine etwas sonderbare Erscheinung, die allerdings bei den Kindern wegen ihrer unkonventionellen Art sehr beliebt war.

«Ich möchte mit Ihnen sprechen», sagte Amberg, und ohne eine Antwort abzuwarten, setzte er sich an den Tisch und trank – «Ich darf doch?», fragte er – vom Chianti, nachdem die Wirtin ein Glas gebracht hatte. Und während Dr. von Wyl die letzten Eisbergsalatblätter mit der Gabel zerquetschte, fragte der Lehrer:

«Keine einfache Zeit, auch für einen Arzt, nicht wahr?»

«Schorsch hat mich gut vorbereitet», wich Dr. von Wyl aus. Er wusste nicht, worauf Amberg hinauswollte.

Noch hörte die Wirtin – am Nebentisch stehend – zu.

«Morgen ist die Begräbnisfeier, Sie kommen doch auch?» Jetzt flüsterte der Lehrer.

«Schon möglich», antwortete Dr. von Wyl, «es hängt von den Notfällen ab. Als Arzt hat man immer abrufbereit zu sein.»

«Sie wissen es schon?» Der Lehrer beugte sich zu Dr. von Wyl hinüber.

«Was?», fragte Dr. von Wyl. Die Nähe des Kopfs des Lehrers, der noch immer seinen Fellhut trug, war ihm unangenehm. Auch schwitzte der Mann stark.

«Dass Angela nach Bad Frankenhausen gekommen wäre. Das hat vielen hier nicht gepasst!» Der Lehrer schwieg, als ob er die Wirkung seiner Worte auskosten wollte.

«Warum so weit weg?», erkundigte sich Dr. von Wyl naiv.

«Die haben dort ein Zentrum für Cystische Fibrose, die können die Kinder dort noch einige Jahre länger als bei dieser Krankheit sonst üblich am Leben erhalten.»

«Aha, das wusste ich nicht», sagte Dr. von Wyl und witterte die Chance, vielleicht dem Geheimnis der toten Angela ein Stück näher zu kommen.

«Ich sagen es Ihnen ganz offen, ja, jetzt staunen Sie!, in das Mädchen waren alle verknallt. Für das Kind wäre es wahrhaftig besser gewesen, von hier wegzukommen – endgültig.» Der Lehrer sprach herablassend, beinahe grosszügig. Nun lachte er laut.

«Aber bei Ihnen», fragte Dr. von Wyl irritiert, «war sie doch in der Schule?»

«Nein, in der Parallelklasse bei Fräulein Wyss, nur in der Riege durfte ich sie geniessen.»

«Geniessen?»

«Na ja, das sagt man so. Im Sommer in der Badi, wo wir manchmal unsere Übungen durchgeführt haben – Sie können sich keinen schöneren Körper vorstellen. Wirklich, verstehen Sie das? Das darf man doch sagen, da ist doch nichts dabei; bei den alten Griechen galt die Liebe zu Kindern als normal, und übrigens finden Sie alles im Detail bei Turgenjew, Sinaida, ‹Erste Liebe› – wunderbar! Kennen Sie nicht?» Der Lehrer schwieg, sichtbar überwältigt von seinen Vorstellungen. Dr. von Wyl schaute ihn verwundert an. Das Thema behagte ihm nicht.

«Und dann soll so etwas mir nichts, dir nichts einfach sterben?», fragte der Lehrer mit belegter Stimme.

«Ich verstehe nichts davon», antwortete Dr. von Wyl schnell. Ihm war der Gedanke an die badende Angela peinlich. Aus dem Radioapparat ertönte laut Bécauds Lied von Nathalie und der place rouge; der Lehrer sang die französischen Worte mit abwesendem Gesicht mit.

«Bad Frankenhausen», fügte er nach einer Pause hinzu, «war für alle die beste Lösung. Und dort hätte Angela erst noch von einer erstklassigen Medizin profitiert.»

«Aber Schorsch hat sie sicher richtig behandelt.»

«Es fragt sich halt, was man unter Behandlung versteht.» Lehrer Ambergs Kopf wurde rot, und Schweissbäche rannen unter seinem Fellhut hervor.

«Piotr», sagte er überraschend und reichte Dr. von Wyl die Hand.

«Riccardo, sehr erfreut», erwiderte Dr. von Wyl, auch wenn ihm das Duzen fremder Menschen nicht nur unangenehm, sondern geradezu körperlich zuwider war.

Alba wurde unruhig unter dem Tisch. Erst als der Rufton des Handys ertönte, Dr. von Wyl vom Spital über den schlechten Zustand von De Villa informiert wurde, brach er beinahe Hals über Kopf auf. Er hatte sich wieder verspätet. Als Dr. von Wyl an der Vitrine vorbeistürmte, sah er Bierkrüge aus Steingut mit Zinndeckeln. Im Rücken spürte er die Blicke der Gäste. Und wieder ertönte laut: «Ein Vogel auf dem Zwetschgenbaum.» Als er, nun seinerseits schwitzend, hinter dem Nebengebäude der Fernsicht kurz innehielt, hatte sich die Sonne verfinstert und leichtes Schneetreiben setzte ein. Noch waren Strassen und Wiesen nicht weiss. Beim hinteren Eingang der Wirtschaft umarmte die üppige Blondine einen bärtigen Asylanten.

Der Nachmittag in der Praxis verlief für einmal ruhig, so dass Alba unter dem Schreibtisch von Dr. von Wyl liegen bleiben konnte. Ohne Schwester Ursina – sie war noch immer unterwegs –, kam Dr. von Wyl mit den Patienten gut voran. Es gab keine schwierigeren Fälle, und es blieb ihm genügend Zeit, um im «Pschyrembel» (einem Medizinlexikon) über die Kinderkrankheit «Cystische Fibrose» (oder «Mucoviscidose») nachzulesen. Die Erkrankung – eine genetisch bedingte Erbkrankheit –, erfuhr er, führe im späten Pubertätsalter immer zum Tod der meist intelligenten Kinder, mehrheitlich litten Mädchen unter falsch funktionierenden und einen zähen Schleim absondernden Bronchialschleimhautzellen. Eine Therapie ausser guter Atmung, Inhalationen und Infektbekämpfung existierte nicht, die Kinder seien dem Tod hoffnungslos preisgegeben. Gedankenverloren las Dr. von Wyl im Lexikon und achtete nicht darauf, dass er mit einer gebrauchten Lanzette spielte, mit der er sich eine kleine Schnittwunde am Endglied des rechten Daumens zufügte.

«Shit», sagte er, und verklebte die Wunde mit einem der reichlich vorhandenen, mit Pingus verzierten Kinderpflaster. Er las weiter.

«So, jetzt weiss ich mehr als genug, nicht wahr, Fräulein Alba», sagte Dr. von Wyl und streichelte Alba.

Als Schwester Ursina mit dem Sputumkübelchen ankam – sie hatte den Kranken gefunden – verliess Dr. von Wyl die Praxis, um in das Heim zur Tanne zu fahren. Seinen verletzten Daumen versteckte er.

Es war glitschig, auf der Strasse lag eine dünne Schneedecke. Vorsichtig fuhr Dr. von Wyl durch die steile, enge Strasse den Wald hinauf. Je höher er kam, desto mehr Schnee lag auf der Strasse. Dank des schweren, grossen Autos hatte er keine Mühe vorwärtszukommen. Der Weg kam ihm viel länger vor als in der Nacht, in der Angela in der Nähe der Waldlichtung gefunden worden war. Als Dr. von Wyl im Heim ankam, schlug die Glocke im vergitterten Hof vier Uhr. Herr Rothen hatte ihn kommen hören, das Tor wurde von einem Angestellten, der auffällig hinkte, geöffnet.

«Alba», wandte sich Dr. von Wyl an den Hund, «du musst hier warten.»

Die Visite bei Andres zeigte einen jungen Mann ohne Fieber, aber mit einem schweren, keuchenden Husten. Dr. von Wyl kontrollierte Herz und Lunge und verordnete einen Hustensirup.

Herr Rothen begleitete Dr. von Wyl und, als sie am Ende des langen, düsteren Ganges angekommen waren, fragte Dr. von Wyl:

«Wo ist Balzli?»

«Es geht ihm gut», erwiderte schnell und mit den Händen abwehrend, der Leiter des Heims.

«Hat er Valium gebraucht?»

«Ganz nach Verordnung; eine Tablette am Abend.»

Dr. von Wyl zögerte, er spürte, dass Herr Rothen ihm etwas verschwieg. Schweiss hatte sich auf seiner Stirne gebildet.

«Hat Balzli eine Freundin?»

«Nein, nein, wie kommen Sie darauf?»

«Warum hat er Angela gefunden?»

«Er streicht oft morgens durch den Wald.»

«Was sucht er?»

«Marie!»

«Ist Angela Marie?»

«Nein, wo denken Sie hin, die haben nichts miteinander zu tun.»

«Kann ich ihn sehen?»

Balzli war in der Küche. Er hob kaum den Kopf, als Dr. von Wyl auf ihn zutrat. Auch reichte er ihm nicht die Hand zum Gruss und schaute ihm nicht in die Augen. Seine schwarzen, struppigen Haare glänzten im Dampf der Küche und seine vernarbte Lippe zuckte. Durch das weit oben gelegene vergitterte, offen stehende Fenster schaute Dr. von Wyl in den Himmel hinaus. Es war nur ein kleines, weisses Stück zu sehen. Zum ersten Mal empfand Dr. von Wyl ein Gefühl totaler Leere.

Balzlis eine Hand, die er hinter dem Rücken versteckt hielt, war nachlässig mit einer Bandage verbunden.

«Warum ist Balzli verletzt?», wollte Dr. von Wyl wissen, «warum hat man mich nicht um Hilfe gerufen?» Beinahe wie ich, dachte Dr. von Wyl überrascht. Verlegen versteckte er seinen eigenen, verbundenen Daumen.

«Ach, nichts», sagte der gross gewachsene, nur gebrochen deutsch sprechende Küchenchef – Herr Ahle –, der einen steilen, weissen Hut auf dem Kopf trug. Aus den Augenwinkel hatte Dr. von Wyl beobachtet, dass Herr Rothen dem Mann zugezwinkert hatte.

«Ein Schnitt vom Rüsten, banal», beschwichtigte Herr Rothen.

«Ja, dann ist alles in Ordnung», stellte Dr. von Wyl mit Erleichterung fest, «dann gehe ich wieder.»

Herr Rothen begleitete den Arzt bis zum Tor. Noch immer versteckte Dr. von Wyl seinen verwundeten Finger mit dem Kinderpflaster hinter dem Rücken.

«Das Tor ist in der Nacht und am Morgen immer geschlossen?»

«Aber sicher, selbstverständlich, Herr Doktor, immer, da können Sie Gift darauf nehmen.»

«Wie bitte?»

«Ach, das sagt man so.»

Dr. von Wyl stand beim Auto; mit den Händen entfernte er eine dünne, gefrorene Schicht Schnee von der Scheibe. Alba bellte freudig, sie freute sich auf die Abfahrt. Obwohl es bereits dämmerte, wurde es heller. Der frisch gefallene Schnee verlieh den umliegenden Wäldern und Hügeln einen leuchtenden Glanz, und der blaugraue Himmel schien durchsichtig. Ja, überlegte er, es ist eigentlich nicht eine Leere, sondern ein Gefühl der Dämmerung. Wie wenn ein Schleier gefallen wäre, dachte Dr. von Wyl, und er erinnerte sich wieder an das Gedicht: «Die Nacht ist tief, nur der Schnee macht sie lichter» – Dr. von Wyl hatte den Text der Wettersituation angepasst – und an Angela. Ich muss sie sehen, überlegte er sich, jetzt kann ich meinen Fehler wieder gutmachen. Fehler?, fragte er gleichzeitig: ja, vielleicht, gab er sich zur Antwort, vielleicht war meine Befangenheit bei der nachlässigen Untersuchung der toten Angela ein Fehler, oder besser: ein Versäumnis.

«Herr Rothen! Wo ist Angela?», rief Dr. von Wyl vor dem Tor stehend. Angela befand sich hier im Heim zur Aufbahrung. Herr Rothen, eilig war er zum Tor zurückgekehrt, zuckte sichtlich zusammen. Damit hatte er nicht gerechnet.

«Da gibts nichts zu sehen. Sie ist eingesargt. Lassen wir ihr ihren Frieden. Die Eltern waren am Nachmittag da. Wenn ich Ihnen etwas raten darf: Sprechen Sie mit den Lebenden, die haben es nötiger.»

«Sie haben Recht», sagte Dr. von Wyl, «ich werde mit Angelas Eltern sprechen, und doch, Herr Rothen, als Arzt ist es auch meine Pflicht, mich um die Toten zu kümmern. Ich will wissen, wie sie gestorben ist.»

«Jetzt haben Sie sich anstecken lassen von diesem Geschwätz. Der Balzli wars nicht, bitte, glauben Sie mir doch, den dürfen Sie mir nicht verdächtigen. Ich will keinen Skandal, die schliessen mir glatt das Haus. Und wer profitiert davon?»

«Ich verstehe Sie. Ich glaube auch nicht, dass Balzli oder irgendeinen ihrer Zöglinge eine Schuld trifft.»

Es war kalt und Dr. von Wyl fror. Noch immer stand er draussen vor dem Tor. Alba knurrte im Auto.

«Also gut, wenn Sie meinen und es Ihnen hilft. Kommen Sie hier hinten durch, da sieht uns niemand.»

Neben der Heizung vor der Lingerie befand sich der Aufbahrungsraum. Die Pumpe der Zentralheizung surrte laut. Es roch stechend nach Waschmittel und Russ. Herr Rothen, der beim Eingang zur Kammer stehen geblieben war und sich bekreuzigte, öffnete mit grosser Kraftanstrengung die schwere Luftschutzraum-Türe.

Der aus hellem Holz gefertigte Sarg stand auf dem Kiesboden. Der mit rotem Stoff gefütterte Deckel ruhte neben dem Sarg auf einem dreibeinigen Tischchen. Unzählige weisse Rosen zierten den Rand des Sarges. Eine zur Hälfte abgebrannte Kerze flackerte an seinem Kopfende. An der Steinmauer hing ein weisses Kreuz.

Dr. von Wyl hatte schon viele Tote gesehen, doch so gerührt war er noch nie gewesen. Angela, ganz in Weiss, ihre blonden Haare waren in einem Zopf um ihre Stirne gelegt, ihre weissen Hände lagen gefaltet auf ihrer Brust, ihr Kopf ruhte auf einem weissen Kissen, ihre Augen waren ein wenig geöffnet, Angela schien zu schlafen. Das weisse Nachthemd mit den gestickten Verzierungen an den Ärmeln und dem halbhohen, goldenen Kragen erinnerte Dr. von Wyl für einen Moment an eine Braut oder an eine Heilige und, um sich zu vergewissern, dass Angela tot war – und um überhaupt etwas zu tun – nahm er nochmals das Stethoskop zur Hand und horchte nach Herztönen und Atmung. Und er hörte ein Herz schlagen und er hörte jemanden atmen: Doch es war sein eigenes Herz, das bis zum Hals hinauf schlug und seine Brust, die sich schnell hob und senkte. Wie ist sie dünn, wie ist sie mager – kein Kind mehr, keine Frau, nicht von dieser Welt, dachte Dr. von Wyl. Und um nichts in der Welt hätte es Dr. von Wyl über sich gebracht, die Ruhe der Toten durch Entkleiden, durch Drehen des Körpers zur Seite hin, zur Begutachtung der Totenflecken, der Totenstarre und der Totenfäulnis oder zur Überprüfung von Verletzungen oder zur Suche nach Zeichen von Vergewaltigung zu stören.

Oh Ewigkeit, dachte Dr. von Wyl, du Donnerwort. «Nein, ich will dich nicht wecken, nicht deine Seelenruhe stören», sagte Dr. von Wyl leise. In seinem Rücken stand Herr Rothen schweigend und mit geschlossenen Augen. Dr. von Wyl meinte, die Welt im Schlaf zu erleben, und wie durch einen Schleier sah er sie.

Langsam rückwärtsgehend verliess Dr. von Wyl den Raum. Er wusste, dass er den Anblick dieses toten Mädchens zeitlebens nicht vergessen würde, ebenso wenig das Surren der Umwälzpumpe und der durchdringende Geruch nach Öl und Russ und Waschmittel sowie die Zahlen, die in die Türe eingraviert waren: 2-6-3-7.

Als das Telefon klingelte, zögerte Dr. von Wyl lange, bis er den Hörer in die Hand nahm. Er war gerade mit dem Aufräumen der Küche beschäftigt, es musste schon einiges nach neun Uhr sein.

«Von Wyl», sagte er und hoffte inständig, nicht wieder zu einem Notfall gerufen zu werden.

«Schorsch!»

«Wie gehts denn?», rief Dr. von Wyl freudig überrascht.

Der Freund, dessen Stimme ganz nah klang, berichtete von den vielen hundert Teilnehmern der Konferenz und dass er schon einige gewichtige Voten, die allgemeine Medizin betreffend, habe einbringen können und vom Besuch der Nikolaikirche …

«Und die Stadt?»

«Alles im Umbruch, alles wird neu gebaut – und wie gehts bei dir?»

Dr. von Wyl konnte es sich nicht erklären, aber er sagte

nichts über Angela, er erwähnte ihren Tod mit keinem Wort, er sagte nichts zu allem, was geschehen war.

Dr. von Wyl schwieg, während sein Freund von medizinischer Evidenz, der neuen Religion der Ärzte, von Diskussionen und Debatten erzählte.

«Alles im Griff», sagte er endlich, «mach dir nur keine Sorgen, dein Laden läuft wie geschmiert. Aber Schwester Ursina ist ein Drache.»

«Sei froh, dass du sie hast. Am Anfang», sagte Dr. Zünd – und Dr. von Wyl setzte in seinen Gedanken fort: war das Wort – «war sie schwierig, aber sie hat sich wunderbar entwickelt, hilft, wo sie kann. Und sie kennt sich aus, auf sie kannst du dich wie sonst auf niemanden verlassen.» Dr. von Wyl schwieg beharrlich.

«Und sonst?», fragte Dr. Zünd nochmals, als erwarte er mehr Neuigkeiten seine Patienten betreffend.

Dr. von Wyl war gehemmt, er sagte nichts, er schwieg noch immer, er war unangenehm berührt, dass sein Freund Schwester Ursina lobte.

Sie hatten sich nichts Wichtiges mehr zu sagen und Dr. von Wyl hörte kaum noch zu, was Schorsch weiter zu berichten hatte. Er sah, dass der Himmel aufklarte und Sterne hervorblickten und dass das Weiss von dunklem Grün verdrängt worden war. Dr. Zünd bestätigte seine Rückkehr auf Samstag in der Früh.

«Mit dem Citynight-Zug, wie abgemacht.»

Kurz danach hatten sie aufgehängt. Dass sein Freund ein Loblied auf Schwester Ursina angestimmt hatte, verdross Dr. von Wyl. Und Vivienne hat er einfach vergessen, dachte er und wunderte sich. So gross kann diese Liebe nicht sein!

Dass er Sara wieder nicht telefonisch erreichen konnte, war ihm recht. Seine schlechte Stimmung wäre einem Gespräch ohnehin nicht förderlich gewesen.

Als er zum Fenster hinausschaute, traute er seinen Augen nicht. Im dämmernden Himmel sah er grosse Vögel kreisen. Um diese Zeit und im November, dachte Dr. von Wyl. Er war sich sicher, dass es nicht Krähen waren, er vermutete fliegende Mäuse, denn die Flügel waren weit gestreckt und die Tiere schienen kopflos. Angelas Seele, dachte Dr. von Wyl, sie rächt sich, sie sucht mich heim. Sofort verwarf er solche Gedanken. Was für ein Unsinn, sagte er zu sich. Ich bin Arzt, Wissenschaftler und nicht Geisterbeschwörer. Trotzdem konnte er sich nicht restlos von seinen unguten, ängstlichen Gefühlen befreien. Mehrmals ertappte er sich dabei, wie er auf Schritte im Haus horchte, wie er Schatten sah, wie er den Mörder hinter sich stehen spürte ...

Mit Alba ging er nur bis zum Birkenwäldchen. Er wusste, dass Vivienne bald nach Hause zurückkehren würde. Er hatte keine Lust, ihr zu begegnen. Als er zum dunklen Wald und zum Waldweg hinübersah, dachte er an Angela. Ihr Tod – so kam es ihm vor – ging ihm nahe wie keiner je zuvor. Mein Gott, sagte er, und ihren Eltern habe ich nicht einmal einen Kondolenzbesuch abgestattet. Was bin ich für ein schlechter Mensch! Die trübe Finsternis – nicht Tag, nicht Nacht – des sich erneut bedeckenden Himmels und die Dumpfheit der Novemberluft passten zu seiner Stimmung. Da war sie wieder, diese totale Leere: Paradise lost – wer hatte das nur gesagt? Er konnte sich nicht mehr erinnern, hingegen fiel ihm das Ende des Gedichts wieder ein: «Wie wenn ein Schleier sinkt von sämtlichen Gesichtern.» Und er sah die Gesichter lachend vor sich: Balzli mit den struppigen Haaren und der zuckenden Lippe, den kranken Albaner, Amberg mit der Fellmütze, Schwester Ursina im weissen Mantel und die Frau von der Sekte im langen, dunklen Rock.

Als er sich hingelegt hatte, sich eben der Bettwärme zu erfreuen begann, hörte er Vivienne ankommen. Lange brummte der Motor vor dem Haus und die Scheinwerfer des Autos tauchten sein Zimmer in helles Licht. Freudig wurde sie von Alba laut bellend begrüsst. Und laut machte sie sich im Haus zu schaffen.

«Süsser, wo bist du?», schrie sie durch das Haus.

Sie ist betrunken, dachte Dr. von Wyl empört. Er schlich zur Türe seines Zimmer und verriegelte das Schloss. Nur wenig später wurde die Türklinke hinuntergedrückt.

«Riccardo», flötete ihre hohe Stimme, «schläfst du schon? Wo bist du denn?»

Dr. von Wyl gab keine Anwort.

«Ricci!»

Zum ersten Mal zuckte sein Lid auch im Dunkeln. Entweder, dachte Dr. von Wyl, ist Vivienne depressiv oder manisch oder beides zusammen oder, noch schlimmer, Alkoholikerin. Dr. von Wyl hatte die schlechte Gewohnheit, allen Leuten medizinische Diagnosen anzuhängen, um sie medizinisch-diagnostisch klassifizieren zu können. Das, so meinte er, kann meine Arbeit prinzipiell erleichtern.

Er konnte keinen Schlaf finden und sein Lid liess sich auch mit Gegendruck nicht beruhigen. Wenn, dachte Dr. von Wyl – und seine Gedanken verwirrten sich bei der Erinnerung an die sanfte, schöne Angela im Konzert, beim Allegretto und bei den weissen Rosen im Sarg – wenn wirklich jemand am Tod von Angela schuldig sein sollte, so sind wir es alle zusammen. Jeder, sagte er zu sich und der Gedanke kam ihm sinnvoll vor, hat daran seinen Anteil. Die Beweisführung für seine

Idee allerdings konnte Dr. von Wyl nicht mehr erbringen, der Schlaf hatte ihn übermannt. Doch in seinem Traum surrte die Umwälzpumpe noch lange Zeit weiter, während ein Föhnsturm losbrach und das Holz des Hauses ächzen liess.

Ein fünfter Tag.

Es war lächerlich, aber Dr. von Wyl störte sich an den Pinguinen auf seinem Pflaster. Er riss es von seiner Fingerbeere. Hell schien die aufsteigende Sonne – nein, es war noch nicht die Sonne, nur ihr Licht, das sich über dem Wald ausbreitete. Es war ein föhniger, zu warmer Tag. Mit Vivienne sass er am Frühstückstisch – und es war wieder spät.

Vivienne hatte sich beruhigt seit ihrer späten Ankunft am Vorabend.

«Die Milch schmeckt heute besser», stellte Dr. von Wyl fest. Er war hungrig.

«Übrigens», sagte Vivienne, «ich habe Rosanna von unserer Toten erzählt.»

Dr. von Wyl schwieg, es gab nichts zu sagen. Am Nachmittag war das Begräbnis und danach würde alles wieder seinen gewohnten Lauf nehmen.

«Sie meint auch, dass ein Unfall unwahrscheinlich sei.»

«Auch?»

«So wie alle!»

Dr. von Wyl schüttelte den Kopf. «Dummes Zeug», sagte er, «lasst der Armen ihren Seelenfrieden.»

«Auch Holzer beginnt an der Unfallthese zu zweifeln.»

Nach dem Glas Milch trank Dr. von Wyl Kaffee. «Nicht zu stark», hatte er gesagt, denn er wollte sein zuckendes Lid nicht wieder in Aufruhr versetzen.

«Kennst du Komissar Rex?», wollte Vivienne völlig überraschend wissen.

«Woher denn?» Dr. von Wyl bückte sich und glättete

seine Hosenstösse mit der Hand. Es störte ihn, dass seine Hose die Falten eingebüsst hatte. Noch drei Tage, dachte er, mein einziger Trost.

«Vom Fernsehen! Auch dort gibt es kaum Unfälle, sondern Morde, und sind es doch Unfälle, dann sind sie gewollt.» Vivienne klopfte triumphierend auf den Tisch.

«Ich weiss nicht, worauf du hinaus willst. Ein gewollter Unfall, was ist das?»

«Alle brauchen immer ein Alibi, sonst sind sie verdächtig.»

«Das ist doch kindisch, was soll der Unsinn, ich habe keins!»

«Typisch Mann», sagte Vivienne, «stell dir vor, dein Engel wäre vergewaltigt worden und niemand merkt es.»

«Was soll das heissen: dein Engel?»

«Entschuldige, ich habs ja nicht so gemeint, Schorsch sprach halt von seinem Engel.»

«Übrigens: Er hat angerufen, ein Gruss für dich!» Dr. von Wyl wollte das Gespräch in eine andere Richtung lenken. Doch Vivienne reagierte nicht, sondern breitete unentwegt ihre Theorie vom Mord aus. Seltsam, dachte Dr. von Wyl, dass sich auch Vivienne für ihren Mann nicht interessiert – vice versa.

«Alle sind verdächtig, nicht wahr, das ist doch das Spannende, auch Rosanna hat es gesagt.»

Also doch manisch, diagnostizierte Dr. von Wyl und schwieg beharrlich.

«Wenn ich nur schon an den Pfarrer mit seinen Kinderliedern und den roten Socken denke, wird mir übel», meinte Vivienne lachend.

«He, he», sagte Dr. von Wyl, «das ist Rufmord.»

«Wir müssen nicht nur das Alibi von allen in Frage Kommenden überprüfen, sondern auch ihr mögliches Motiv, nicht wahr?»

«Und dann?», fragte Dr. von Wyl und rieb sein zuckendes Augenlid.

«Dann finden wir den Mörder und wir sind das neue Detektiv-Traumpaar.»

Dr. von Wyl war nicht zum Spassen aufgelegt und machte sich schnell und ohne Alba auf den Weg zur Praxis. Es war nach neun Uhr, als er dort ankam. Erstaunlicherweise ging seine Uhr richtig und überraschenderweise begrüsste ihn Schwester Ursina ausnehmend freundlich – obwohl er verspätet war. Und selbst das Pendel der Schrankuhr schlug regelmässig, wenn auch die Stundenangabe nicht stimmte.

Dr. von Wyl hatte den Pfarrer im Wartezimmer sofort entdeckt. Er liess ihn ausharren. Was will er nur, dachte er, der sollte besser seine Predigt für heute Nachmittag vorbereiten! Es war ihm unangenehm, tiefer in die Sache hineingezogen zu werden. Er fürchtete sich vor der Beichte eines Pfarrers – und er erwartete sie.

Pfarrer Läubli trug eine enge, schwarze Hose und rote Socken. Seine beiden Hände steckten in den Taschen der abgetragenen, schwarzen Lederjacke.

Als sie sich begrüsst hatten und Dr. von Wyl ihn rasch nach dem Grund seines Kommens fragte, antwortete Pfarrer Läubli mit krächzender Stimme – Schweiss hatte sich in seinen hellblonden Augenbrauen gebildet:

«Meine Stimme, Herr von Wyl, hören Sie doch!» Offenbar verzichtete er bewusst auf Doktor als Anrede.

Dr. von Wyl untersuchte den Pfarrer und diagnostizierte eine akute Laryngitis.

«Nichts Schlimmes.» Er empfahl ihm seine Stimme zu schonen, was den Pfarrer zum Lachen brachte.

«Gerade heute, von Wyl, das ist doch lächerlich, so kann ich doch keine Abdankung halten!»

Dr. von Wyl fühlte sich angegriffen. Was gibt, überlegte er, ihm das Recht, so mit mir zu sprechen, und warum versagt seine Stimme gerade heute, bei Angelas Begräbnis?

«Herr Pfarrer Läubli», sagte Dr. von Wyl und betonte das Wort Pfarrer, «es gibt keine andere medizinische Hilfe.» Und gereizt und auch für ihn überraschend fügte er hinzu: «Beten Sie doch um Gottes Hilfe!»

Der Pfarrer schwieg und nestelte am Reissverschluss seiner Jacke herum.

«Das alles», sagte er langsam und mit schwacher Stimme, «ist sehr, sehr unangenehm. Angela war ein herrliches Kind mit einer göttlichen Stimme. Ihr Ave Maria – es gibt nichts Schöneres!»

Jetzt kommts, dachte Dr. von Wyl und verbarg sein Gesicht in seinen Händen.

«Wahrhaftig eine Perle. Warum», fragte der Pfarrer mit versagender Stimme, «hat sie uns Gott genommen? Von Wyl, sagen Sie», – jetzt flüsterte der Pfarrer – «das war doch kein Unfall, das glauben Sie ja selber nicht. Der Amberg war doch ganz wild auf das Mädchen!»

Dr. von Wyl hob die Schultern, enttäuscht dachte er: Auch Pfarrer sind nicht besser als andere Menschen. Doch Pfarrer Läubli fuhr ohne Rücksicht auf Dr. von Wyl mit seinen Gedanken fort:

«Wenn in jener Nacht doch nur jemand alles beobachtet hätte, wir würden, das weiss ich, Entsetzliches erfahren!»

«Aber Gott sieht doch alles», entgegnete Dr. von Wyl gereizt.

«Grossartig, ausgezeichnet, von Wyl, Sie definieren Gott! Gott sieht nicht nur alles, Er weiss auch alles …»

«… und wird selber nicht gesehen, nie!» Schroff hatte Dr. von Wyl den Redefluss des Pfarrers unterbrochen. «Ich muss weiterarbeiten», sagte Dr. von Wyl, bewusst eine weitere Konfrontation vermeidend.

«Schon gut», sagte der Pfarrer, «ich meine ja bloss. Heute werde ich gut sein, die Form allein, meine belegte Stimme meine ich, bestimmt nicht den Inhalt, Sie werden es hören. Alles zudecken, wie es sich gehört, und wir alle spielen mit, alle, alle!» Die Stimme des Pfarrers war auf einmal fest und bestimmt geworden. Pfarrer Läubli blieb sitzen. Und stimmlos fuhr er fort:

«Fiat lux, von Wyl, nichts als Allgemeinbildung, hören Sie nur zu!, das wissen Sie besser, die Erschaffung des ersten Tages, da sind die Engel mitgemeint, sie sind die geistige Substanz, von Wyl!, stellen Sie sich ein unsichtbares Licht vor und Sie haben einen Engel vor sich.» Dr. von Wyl schüttelte den Kopf. Die Zeit drängte. Und mit solchen Gedanken wusste er nichts anzufangen.

«Sie schweigen, warum? Den Sinnen, nicht wahr, ist nur eine Welt gegenwärtig, doch wir nehmen zwei Welten wahr, eine sichtbare und eine unsichtbare, und hier ist Angela zu Hause.»

Für einen kurzen Moment gingen Dr. von Wyls Gedanken zurück in den Wald, zum Licht im Wald …, schnell erhob er sich.

Als Dr. von Wyl dem Pfarrer Locabiotal zur Eindämmung der Stimmbandentzündung mitgegeben und sich verabschiedet hatte, ging er ins Labor zu Schwester Ursina und erfuhr, dass der Pfarrer seit Jahren allein lebe und im Dorf hoch angesehen sei, weil er sich vorbildlich um den Chor der Kinder kümmere. Er habe den Chor ins Leben gerufen und den Singkreis aufgebaut und die zweimal jährlich stattfindenden

Aufführungen gehörten fest in das kulturelle Leben des Dorfes. Und letztes Jahr habe er sogar vom Gemeinderat die Medaille für Kulturförderung erhalten.

«Übrigens», sagte Dr. von Wyl, die Redseligkeit seiner Gehilfin ausnutzend, «ein Gruss von Dr. Zünd.»

«Er hat mich auch angerufen, danke.»

Abrupt wandte sich Schwester Ursina ab. Dr. von Wyl fand nicht mehr den Mut, sich nach dem Inhalt ihres Telefongesprächs mit seinem Freund zu erkundigen.

Als Dr. von Wyl im Auto in Richtung Dorfausgang unterwegs war, läuteten die Glocken der Kirche. Von allen Seiten strömten schwarz gekleidete Menschen zum Begräbnis des allen bekannten Mädchens. Lehrer Amberg überquerte in hochgeschlossenem, schwarzem Anzug und mit Fellmütze die Strasse. Auch er lebte, wie der Pfarrer, offenbar ohne Frau.

Es war ein föhniger, beinahe frühlingshafter Tag, der Himmel war dunkelblau und wurde von weissen, schnell dahinziehenden Wolken durchzogen. Ein heftiger, böig einfallender Wind blies. Der Schnee vom Vortag fand sich nur noch in den höher gelegenen schattigen Regionen. Felder und Hügel leuchteten in dunklem Grün. Vögel sangen wie an einem Fühlingstag. Wechselnde Schatten jagten über die Landschaft.

Es war kurz vor drei Uhr und ein Telefonanruf des Altersheims hatte Dr. von Wyl in dem Moment zuhause erreicht, als er zusammen mit Vivienne zur Kirche aufbrechen wollte. Eigentlich, dachte er im Auto sitzend, bin ich Herrn Schön nicht undankbar, es ist besser zu arbeiten, als sich der Traurigkeit hinzugeben.

Das Altersheim Im Riet lag einige Kilometer ausserhalb des Dorfes auf einem Plateau mit Blick auf See und Berge.

Herr Schön, ein schwerer Mann mit Bart, der eher einem Schiffskapitän als einem Altersheimleiter glich, hatte den Doktor freundlich begrüsst und in das Zimmer der gestürzten, nun im Bett liegenden Frau Zünd im dritten Stock geführt. Der Arzt untersuchte die Frau gründlich, er nahm sich Zeit.

«Sie haben Glück», sagte Dr. von Wyl endlich, «nichts gebrochen, nur verstaucht. Das heilt von allein.»

Die rüstige Neunzigjährige lachte mit einem tief gefurchten und von der Sonne gegerbtem Gesicht.

«Unkraut verdirbt nicht», meinte sie.

«Genau», erwiderte Dr. von Wyl und wollte dem bei der Türe wartenden Heimleiter seine Anweisungen erteilen.

«Der Schorsch, wissen Sie, Herr Doktor, ist ein entfernter Verwandter von mir, stellen Sie sich vor!»

«Ach», sagte Dr. von Wyl, «ich habs mir gedacht. Aber Zünd gibts doch einige hier, nicht wahr?»

«Ein guter Arzt, für alle gleich, wissen Sie, das schätzt man; es wäre am besten, er wäre immer hier, wir vermissen ihn alle, er ist jemand, der niemanden im Stich lässt, niemanden leiden lässt.»

«Da haben Sie Recht! Ein guter Doktor eben. Fast zu gut!», meinte Dr. von Wyl nachdenklich.

«Aber seine Jetzige ist nichts für ihn», fügte die Frau, die wieder unter vielen Decken lag, hinzu.

Dr. von Wyl erwiderte nichts. Er wünschte gute Besserung und verabschiedete sich von der alten Bäuerin. Im Gang unterhielt er sich noch kurz mit dem Heimleiter.

«Eine alte Landfrau, zäh und standhaft, die kommt wieder.»

«Sicher», antwortete Dr. von Wyl und verordnete Schmerzmittel und ab sofort Mobilisation am Gehböckli.

«Das ist eine dumme Geschichte», meinte Herr Schön, zwinkerte mit den Augen und machte mit dem Kopf eine Bewegung in Richtung Dorf und Kirche.

«Ja, sicher», sagte Dr. von Wyl, mehr wusste er nicht zu sagen.

Herr Schön hatte die Balkontüre geöffnet. Die Kirchenglocken schwiegen. Der Wind bog die Äste der kahlen Bäume, das Grün der Hügel wogte wellenförmig auf und ab, Licht und Schatten eilten über das Land, und laut rauschte das Wasser der Bäche und Flüsse. Als sich Dr. von Wyl von Herrn Schön verabschiedete, flüsterte dieser ihm zu:

«Nehmen Sie sich in acht, man redet schon über Sie.»

«Warum, was meinen Sie?»

«Ich habe nichts gesagt», erwiderte Herr Schön und verschwand hinter einer Glastüre.

Dr. von Wyl hatte das Auto hinter dem Friedhof abgestellt. Langsam und nachdenklich ging er zur Kirche. Der Platz mit der steilen, zum Kircheneingang führenden Treppe war leer. Der mächtige Käsebissen-Turm mit der rot leuchtenden Wetterfahne auf dem Dach und den zwei grossen, uralten Glocken war ein Wahrzeichen der Gegend. Die römischen Zahlen 1662 unterhalb des Turmfensters wiesen auf die Entstehung des ersten urkundlich erwähnten Kirchenbaus hin. Dr. von Wyl verglich die Zeit auf seiner Armbanduhr mit den Zeigern der Uhr am grossen Zifferblatt: Es gab keine Differenzen. Die Sonne, die flach über den See schien, blendete, und Dr. von Wyls Augen tränten und die Lider zuckten. Es lag ein Geruch von Rauch, Nässe und Moder in der Luft. Gut passend, dachte Dr. von Wyl, zum Begräbnis.

Er öffnete sacht das Hauptportal der Kirche – nur spaltbreit, um ja nicht aufzufallen! – und hörte eben aus dem

Hintergrund des Pfarrers Worte kräftig und bestimmt: «Singet dem Herrn alle Stimmen! Dankt ihm alle seine Werke! Lasst zu Ehren seines Namens Lob im Wettgesang erschallen». Unter Begleitung der Orgel begann ein Chor schwarz gekleideter Kinder zu singen, die Trauergemeinde erhob sich und betete. Den Pfarrer in seinem schwarzen Umhang erblickte Dr. von Wyl erst jetzt. Er stand unterhalb der Kanzel bei den Kindern und dirigierte den Chor. Seltsam, dachte Dr. von Wyl, regungslos unter der Türe verharrend, gerade noch habe ich die gleiche, jubilierende Musik und die gleichen fröhlichen Kinderstimmen mit dem gleichen Dirigenten im Sternensaal gehört; jetzt aber ist alles dunkel, dumpf und schwer; so nahe ist das Leben dem Tod.

Dr. von Wyl schloss die Türe wieder leise von aussen und sagte laut zu sich: «Die Schöpfung ists, er kanns nicht lassen, seinen Optimismus bewundere ich.» Er stellte fest, dass die Stimme des Pfarrers sehr kräftig getönt hatte, was ihm nur recht sein konnte. Er schlenderte über den Kirchenvorplatz und genoss die warmen Sonnenstrahlen. Als die Glocken unvermittelt zu schlagen anfingen, wurde Dr. von Wyl von der die Kirche in Eile verlassenden Trauergemeinde überrascht. Im Schutz einer Buchsbaumhecke wartete er. An der Spitze gingen der Gemeindepräsident Alwa mit seiner Frau und Herr Reisiger mit seiner Familie, gefolgt von den von Bekannten gestützten Eltern, die Mutter in einer schwarzen Tracht und mit einem schwarzen Schleier. Vivienne, in einer schwarzen, engen Hose und einer schwarzen, kurzen Pelzjacke, hatte Dr. von Wyl schnell entdeckt, kam auf ihn zu und streckte ihm schweigend ihren Arm entgegen. Das tat ihm gut: Wenigstens jemand, der zu mir hält, dachte er, und ohne ein Wort zu sagen, folgten sie gemeinsam den Trauernden zum nahe gelegenen Friedhof.

Nicht nur die Kinder aller Schulklassen waren anwesend, sondern, so konnte Dr. von Wyl unschwer feststellen, auch viele Behinderte vom Heim. Sie fielen durch ungelenke Bewegungen, durch die aus der Form gekommenen, zu engen oder zu weiten dunklen Anzüge und durch lautes, schrilles Weinen auf. Selbst einige der Asylanten konnte Dr. von Wyl unter den Trauernden ausmachen.

«Alle sind gekommen», flüsterte Dr. von Wyl.

«Nur die von der Sekte nicht, typisch, nicht wahr?», antwortete Vivienne flüsternd.

Die Trauergemeinde hatte sich zwischen den Kreuzen der Gräber und neben den vielen, teils liegenden, teils aufgerichteten Kränzen in einem weiten Kreis um das ausgehobene Grab aufgestellt, der Sarg wurde langsam hinabgesenkt. Scheppernd schlugen die Kirchenglocken. Die Kinder der Schulklasse des verstorbenen Mädchens traten gemeinsam an den Rand des Grabes und eines nach dem anderen warf, von der jungen Lehrerin Frau Wyss instruiert, stumm, die meisten von ihnen heftig weinend, eine weisse Rose auf den Sarg.

Vivienne rannen Tränen über die Wangen, und Dr. von Wyl hatte Mühe, das Fliessen seines Augenwassers zu unterdrücken. Wiederholt reinigte er sich die Nase. Als der Pfarrer noch einige Worte sprach – Lux est umbra dei, so oder ähnlich klangen die lateinischen Sätze der Grabandacht –, wandte sich Vivienne abrupt ab und ging bis zu den Bänken auf der Hinterseite der Kirche. Das Wasser des Sees glitzerte und funkelte, und über dem jenseitigen, dunstigen Ufer drohten schwarze Regenwolken. Vivienne hielt sich am Geländer fest und stützte sich auf Dr. von Wyls Schulter ab. Beide schwiegen und schauten in die Ferne. Krähen drehten weit über ihren Köpfen Runden.

Heftig dröhnend, beinahe schmerzhaft, läutete die Totenglocke der Kirche, deren Töne sich langsam im weiten Firmament verloren. Als die Trauernden den Friedhof verliessen und sich in alle Himmelsrichtungen zerstreuten, einzeln, zu zweit und in Gruppen, gingen auch Vivienne und Dr. von Wyl über die hintere, zum Pfarrhaus hinunterführende Treppe nach Hause. Der Platz vor der Kirche war leer und nur die vielen Blumen und Kränze auf dem Friedhof erinnerten an des Begräbnis.

Eine hagere Frau mit kurz geschnittenen, blonden Haaren und einer Fotokamera in der Hand in einem roten, bis über die Knie reichenden, seitlich geschlitzten Jupe folgte ihnen rauchend. Bei der Abzweigung in der Dorfmitte, bei der alten Viehtränke, wählte die Frau den Weg zur Fernsicht. Schweigend gingen Dr. von Wyl und Vivienne weiter. Vivienne hatte ihren Arm um die Schulter von Dr. von Wyl gelegt, und sie erreichten auf dem schmalen steilen Fussweg ihr Haus.

«Eigentlich ist das alles … alles ganz elendiglich», stotterte Vivienne mit weinerlicher Stimme. «Du bist doch der arme Kerl. Der Schorsch überlässt dir den ganzen Mist und macht sich, wenns brenzlig wird, aus dem Staub.»

«Aber wie hätte Schorsch das alles voraussehen können?»

«Verstehst du, ich habe Angst! Ich kann mir vorstellen, dass dir noch einiges bevorsteht. Wer weiss schon, auf welche Ideen diese Bande hier noch kommt.»

«Ach, lass nur, die werden schon Ruhe geben. Und einem Arzt kann doch nichts passieren.» Dr. von Wyl schwieg. Der Gedanke, in etwas hineingezogen zu werden und sich nicht wehren zu können, war ihm höchst zuwider. Schon immer war ihm der Gedanke, schuldlos schuldig zu sein, ein Gräuel.

«Wo ist eigentlich das Leidmahl?», fragte er ablenkend.

«Das Leichenmahl meinst du?», wollte Vivienne, das

merkwürdige Wort deutlich betonend, wissen. «Ausserhalb des Dorfes im Schützengarten», gab sie zur Antwort.

Stumm nahm sie ihren Arm von seiner Schulter. Dr. von Wyl ging mit Alba auf einen Spaziergang. Er wollte allein sein.

Als Dr. von Wyl nach einer knappen halben Stunde von seiner Wanderung zurückkam, lag Vivienne lang ausgestreckt auf dem Sofa in der Stube. Dr. von Wyl, der am Mittag nur ein Sandwich gegessen hatte, war hungrig geworden. Und da Vivienne, zu müde, zu traurig und auf Diät, wie sie wiederholt gesagt hatte, absolut keinen Hunger verspürte, entschied sich Dr. von Wyl für einen Gang in die Fernsicht.

Er sass allein an einem Tisch in Fensternähe. Es war dunkel geworden und die elektrifizierten Stalllaternen in den Ecken der Wirtsstube brannten. Die Gaststube war gut gefüllt. Er wurde von niemandem begrüsst. Der handgeschriebene Zettel an der Eingangstüre zur Wirtschaft hatte Dr. von Wyl verwirrt: «Keine Albaner» hatte er gelesen und wiederholt die Wörter buchstabiert. Als die Wirtin an seinen Tisch kam, um sich zu erkundigen, ob Menü eins, Schweinsvoressen, Pommes frites, Bohnen, Salat, recht sei, fragte Dr. von Wyl nickend:

«Seid ihr rassistisch geworden?»

Die Wirtin winkte ab:

«Solange man nichts Genaueres weiss, ist es besser, die bleiben dort, wo sie sind. Oder?»

Dr. von Wyl schwieg und kaute an einem dicken Stück Brot. Er hatte auf Wein verzichtet, er hatte den letzten Besuch hier in unguter Erinnerung. Die Wirtin brachte den Salat und fügte, beiläufig und anscheinend ohne Bedeutung, hinzu:

«Ein Rezept brauche ich nicht mehr.»

So schnell ändern die Ansichten, dachte Dr. von Wyl, so schnell werden Urteile gefällt: Heute die Albaner und morgen ich. Er fühlte sich unwohl, er schwitzte und vermisste Alba. Wieder beschlich ihn ein Gefühl der Leere, der stillen Verzweiflung.

Wegen des Rauchs in der Gaststube konnte Dr. von Wyl nur mit Mühe in der Nähe des Durchgangs zum Säli Lehrer Amberg mit seiner Fellmütze erkennen. Der Lehrer unterhielt sich angeregt mit einer blonden, kurzhaarigen, jüngeren Frau in einem roten Rock. Eine Fotokamera lag auf dem Tisch. Dr. von Wyl hatte das Gefühl, es würde über ihn gesprochen, denn seit er die Wirtsstube betreten hatte, waren die Gespräche der Gäste – zumeist Bier trinkende Männer – verstummt. Auch – aber vielleicht bildete er sich das nur ein – schien man Abstand zu ihm zu wahren. Eine Gruppe dunkel Gekleideter mit Hüten auf den Köpfen hatte sich um den Abwart des Schulhauses, Herrn Goll, versammelt und in dieser Gruppe erblickte Dr. von Wyl Holzer, den Polizisten. Es wurde leise gesprochen und es war unmöglich, etwas zu verstehen.

Als Dr. von Wyl das Essen, ein von brauner Sauce überschwappender Teller, vor sich stehen sah, wurde das Radio eingestellt. Die Tagesnachrichten aus der Region wurden mit einer dringlichen Mitteilung abgeschlossen:

Eben erhalten wir noch folgende Nachricht. In die Ermittlungen um den Unfalltod der 16-jährigen Angela aus H., welche heute Nachmittag unter grosser Anteilnahme der gesamten Bevölkerung zu Grabe getragen worden ist, hat sich die Bezirksanwaltschaft eingeschaltet. Aus gut informierter Quelle verlautete, dass ein Gewaltverbrechen nicht mehr mit absoluter Gewissheit ausgeschlossen werden könne. Konkrete Hinweise aber fehlen. Wir halten unsere Hörer natürlich auf dem Laufenden.

Das geht mich alles nichts an, dachte Dr. von Wyl, als er die Blicke der Gäste des Lokals auf sich ruhen spürte. Was soll das?, sagte er zu sich, ich bin kein Mörder, lasst mich gefälligst in Ruhe! Trotz allem konnte er nicht verhindern, dass sein Lid flatterte, sein Blick unscharf wurde und seine Hose an seinen Beinen klebte. Es kam ihm alles so sinnlos vor: Da opferte er sich auf, war Tag und Nacht im Einsatz, half, wo er nur konnte – und der Dank: eine Verdächtigung. Doch wenn ich jetzt gehe, überlegte er, sofort gehe, noch heute gehe, sieht das nach Flucht aus, was allen hier nur gelegen käme. Ein weiterer Beweis. Seine Gedanken verhedderten sich. Weiterer, warum weiterer? Als das Blitzlicht der ununterbrochen rauchenden, jungen Frau mehrmals durch den Raum zuckte – noch immer unterhielt sie sich mit dem Lehrer –, drängte Dr. von Wyl nach Hause.

Dr. von Wyl hatte wortlos bezahlt, und die Wirtin hatte sich schnell anderen Gästen zugewandt. Er erhob sich nur mit Mühe, er war müde und seine Beine wollten ihn nicht tragen. Mit einem «Gute Nacht!» verabschiedete sich Dr. von Wyl laut. Niemand antwortete. Als er sich anschickte, die Türe zu öffnen, näherten sich Schritte von hinten und Herr Goll, der Schulhausabwart, ein gross gewachsener, kräftiger Mann in einem Jeansanzug, holte ihn ein:

«Passen Sie auf, von Wyl!», sagte der Mann drohend. «Gehen Sie, es ist besser, Sie verreisen, bevor etwas geschieht!»

«Warum, was soll der Unsinn?», erkundigte sich Dr. von Wyl. Der Mann kam ihm unheimlich vor.

«Seit Sie hier sind, ist der Teufel los», sagte der Abwart und drehte Dr. von Wyl schon wieder den Rücken zu.

Es war eine laue Nacht, nichts erinnerte an den kommenden Winter. Dr. von Wyl schwitzte und sein Herz raste. Was

soll ich nur tun?, fragte er sich. Wenn nur Schorsch hier wäre!
 Langsam und tief in Gedanken versunken begab er sich nach Hause. Der Föhn war zusammengebrochen und der Himmel hatte sich wieder bedeckt.

Auf dem ovalen Stubentisch lag eine Nachricht von Vivienne: «Bin schon im Bett. Schorsch hat telefoniert. Von Angela habe ich ihm erzählt – er wundert sich über – Dich! Gruss von ihm. Schlaf auch du gut, du hast es am nötigsten!»
 Weil er nicht zur Ruhe kam, wählte Dr. von Wyl die Telefonnummer von Saras Freundin im Tessin. Von deren Mutter erfuhr er, dass die beiden Frauen nach Sirmione am Gardasee unterwegs seien. Dr. von Wyl war überrascht und enttäuscht. Warum hatte Sara ihm davon nichts gesagt? Wie gerne wäre er mit den beiden Frauen mitgefahren! Alles in der Welt hätte er dafür hergegeben, um hinten, stumm und artig, im Fond des Autos zu sitzen. Es fiel ihm schwer, seine zuckenden Augenlider vor einem Tränenausbruch zu bewahren.
 Mit Alba ging Dr. von Wyl – den Burberry eng gegürtet, denn ihn fror trotz der Wärme – nochmals bis zu den ersten Birken oberhalb des Dorfes. Er fühlte sich leer und stumpf. Hier, unter einem dunklen Himmel, war er fähig, endlich seine Gedanken zu ordnen. Zu viel war in diesen letzten Stunden auf ihn eingestürzt, zu viel war ihm unklar und zu viel belastete ihn. Möglicherweise hatte er alles nur sich selber zuzuschreiben. Nicht, wie alle dachten, weil er fremd war, war er verdächtig, sondern weil er in einem bedeutsamen Augenblick falsch gehandelt hatte, und weil er auch die zweite Möglichkeit, das Versäumte nachzuholen und richtig zu handeln, nicht wahrgenommen hatte. Genau deswegen war seine Position ins Wanken geraten. Und doch, sagte er sich, werde

ich allen beweisen, dass ich kein Verbrecher bin – das aber, das wusste er, würde ihm nur gelingen, wenn er den wahren Mörder, wenn es denn einen solchen gab, denn noch war Dr. von Wyl nicht davon überzeugt, finden und überführen könnte.

Er war schon an den letzten Häusern des Dorfes vorbei gewandert und schaute in die Ebene hinaus zu den Lichtern am Ufer des Sees. Balzli, dachte er, hat ein Motiv und kein gutes Alibi. Aber das ist zu einfach. Die Sektenmitglieder haben ebenso ein Motiv, aber wohl kein schlechtes Alibi. Aber das ist zu banal. Die Albaner – an diese mochte Dr. von Wyl gar nicht denken, denn es kam ihm falsch und ungerecht vor – hatten vielleicht nicht einmal ein Alibi. Und De Villa? Er konnte sich nicht mehr verteidigen. Deshalb war Dr. von Wyl der Gedanke an seine Schuld unsympathisch. Und Amberg, und Läubli? Wieder verwirrten sich Dr. von Wyls Überlegungen. Und beinahe überrascht musste er feststellen, dass er automatisch in die Nähe des Felsens und bis zur Waldlichtung hinauf gegangen war. Und ich?, überlegte er, und ich selber? Er fand keine Antwort, doch fielen ihm wieder die Kinder und ihr Gesang ein: «Und die Engel rührten ihre Harfen und sangen die Wunder des fünften Tags.»

Er rief, um sich selber in der dunklen Waldpassage Mut zu machen, laut Albas Name, obwohl der Hund nur wenige Schritte entfernt im Unterholz schnüffelte. Als er ein Knacken im Unterholz hörte – war es ein Tier, ein Mensch? – floh Dr. von Wyl, beinahe besinnungslos vor Angst, heimwärts.

Lange sass Dr. von Wyl auf dem Ohrensessel im Dunkeln am Stubenfester. Er keuchte laut, er war erledigt. Noch nie war ihm sein Beruf so sinnlos vorgekommen. Aller Krankheit Heilung, dachte er gereizt, ist doch nur der Tod. Welchen

Sinn hat meine Tätigkeit?, fragte er sich. Er fand keine Antwort.

Es braucht, überlegte er weiter, einen Riss in der Lebensgeschichte, ein Schauen in den Abgrund, um zu einer solchen Tat fähig zu sein. Ein simples Motiv – Liebe, Eifersucht, Sexualität oder was auch immer – reicht als Grund für einen Mord nicht aus. Als Dr. von Wyl am Einschlafen war – Alba lag zu seinen Füssen –, meinte er, das Telefon läuten zu hören. Doch er hatte sich getäuscht. Kein Laut war im Haus zu vernehmen.

Dr. von Wyl erhob sich. «Was soll das, komm, Alba», sagte er leise zur Hündin, «wir geben nicht auf, das ist ja lächerlich». Plötzlich fühlte sich Dr. von Wyl wieder stark.

Als die Kirchenglocken elf Uhr schlugen – auch seine Armbanduhr zeigte die gleiche Zeit! –, hatte Dr. von Wyl die Praxis schon beinahe erreicht. Niemand war unterwegs in dieser noch immer milden Nacht. Gelb brannten die Strassenlaternen, und in der Luft stand ein Geruch von Fäulnis. In den Häusern des Dorfes war alles dunkel.

Er machte Licht im Sprechzimmer und Alba lief freudig mit dem Schwanz wedelnd durch die Räume der grossen Praxis. Dr. von Wyl liess sich im Archiv nieder und begann die Krankengeschichten durchzublättern. Er glaubte, hier möglicherweise Beweismaterial zu finden: andere belastendes, ihn entlastendes.

Doch er wurde kaum fündig. Unter Zünd fanden sich viele verschiedene Vornamen, unter Läubli nur sein eigener Eintrag (Laryngitis acuta). Und zu den Albanern – Rukiqi –, zu den Sektenmitgliedern und zu den Heiminsassen fehlten detailliertere Angaben zu persönlichen Aspekten. Einmal läutete das Telefon. Er nahm den Hörer nicht ab. Es schlug zwölf Uhr. Noch immer suchte er. Was eigentlich?

Die grünen Unterlagen mit dem Namen Amberg in der Hand ging er in den Warteraum und begann, vor den Kinderfotos sitzend, auch jetzt gelang es ihm wie schon früher nicht, Angelas Porträt ausfindig zu machen, mit der Lektüre der Eintragungen zu den Konsultationen. Die Schrift Dr. Zünds war schwierig zu entziffern. Es waren ausschliesslich medizinische Notizen, die für Dr. von Wyls Suche ohne Bedeutung waren: Sinusitis frontalis, Kontusion os tibiale dx., commotio cerebri lauteten einige der Diagnosen. Doch da, in einem nachlässig aufgerissenen Kuvert fand sich unter dem Datum vom 1.8. folgender, Maschine geschriebener, Brief: *Mein Lieber. Es lohnt sich nicht, zu streiten, Du weisst, was ich meine. Versuchen wir uns beide zu beruhigen. Und warum noch den Pfarrer einschalten? Seine Kinderliebe ist Dir doch bekannt. Nicht wie Du meinst, sie vor ihm, sondern sie vor uns zu schützen, wäre unsere Aufgabe. Ich als Lehrer stehe weiter weg als Du als Arzt, und doch sind wir beide beteiligt, beide Freund wie Feind und Konkurrenten. Ich tue mein Möglichstes, um uns zu retten. Wir* – hier endete der erste Bogen, der zweite fehlte.

Dr. von Wyl schwitzte. War das die Spur, die weiterführte? Er vermutete es und konnte doch den roten Faden, der ihm vielleicht bei der Suche weitergeholfen hätte, nicht finden. Er suchte weiter im Archiv und fand weder unter Maria noch unter Angela irgendwelche Unterlagen. Verärgert verliess er den Raum.

Er stand im Gang und traute seinen Augen nicht: Die Praxistüre wurde langsam einen Spaltbreit geöffnet. Die Haare standen Dr. von Wyl zu Berg. Und Alba schlief unter dem Tisch im Wartezimmer!

«Mein Gott, sie kommen», sagte er laut und ging Schritt um Schritt rückwärts zur hinteren Türe, die zu den Toiletten führte.

«Wer ist da?» Er rief es mit einer zu Tode erschrockenen Stimme.

Schwester Ursina stand im einem langen, dunklen Mantel mitten im Entrée und lächelte. Sie trug die grauen Haare offen und erinnerte an eine Hexe. Nicht zum ersten Mal!

«Ich habe Licht gesehen, entschuldigen Sie, ich dachte, ich könnte helfen. Aber was tun Sie denn hier, Herr von Wyl?»

«Aufräumen, Schwester Ursina, aufräumen!»

Grusslos und eilig verliess Schwester Ursina die Praxis.

Mehr als ein seltsamer Besuch, dachte Dr. von Wyl, und missmutig betrachtete er die schlafende Alba.

«Nicht einmal du würdest mich schützen!»

Schnell verliess auch er die Praxis. Es war stockfinster, denn die Strassenlaternen waren pünktlich um Mitternacht gelöscht worden.

Ein sechster Tag.

Nur mit einem weissen, dünnen und durchsichtigen Nachthemd bekleidet sass Vivienne am Frühstückstisch, während Dr. von Wyl die Milch wärmte, das kochende Wasser in den Kaffeefilter abgoss und Holz in den Kachelofen nachschob.

«Was rumorst du denn um ein Uhr nachts noch im Haus herum?»

«Arbeit, nichts als Arbeit», sagte Dr. von Wyl. Er murrte, er kämpfte schon wieder gegen seine Uhr: Sicher Grund genug für Schwester Ursina, ihn heute noch mehr zu verachten. Verstohlen schaute Dr. von Wyl zu Vivienne hinüber, die, gebückt am Tisch sitzend, ihn mit ihrer Figur zu reizen wusste. Sie ist halt doch manisch, dachte Dr. von Wyl, wie immer in solchen Situationen bei medizinischen Diagnosen Zuflucht suchend. Und ich, dachte er, ich lasse mich zu schnell verführen: «In froher Unschuld lächelt sie, des Frühlings reizend Bild, ihm Liebe, Glück und Wonne zu.» Da war sie wieder, die Schöpfung!

«Nimms doch nicht zu schwer. Das sind doch nur dumme Anschuldigungen, Ursina wird dir helfen», sagte Vivienne und versuchte, Dr. von Wyls Stimmung aufzuhellen.

«Wer? Gerade die eben nicht!»

«Sie hilft Schorsch doch auch immer, das weisst du nur nicht. Übrigens war Schorsch am Telefon mehr als nur erstaunt, dass du ihm das Spannendste vorenthalten hast. Was für ein undurchsichtiger Mensch, hat er gemeint, ein abgründiger, undurchschaubarer, er hat laut und deutlich über dich gelästert.»

«Vivienne, du weisst nicht, wie ernst es ist. Ich brauche ein Alibi für Sonntagnacht.»

«Jetzt spinnts dir aber total!»

Dr. von Wyl schwieg. Viviennes Hand auf seinem Vorderarm tat ihm wohl, obgleich er im selben Moment an Sara dachte. Und als ob Vivienne seine Gedanken lesen könnte, fragte sie unvermittelt:

«Was macht denn deine Sara?»

«Sara ist in Sirmione, ich habe sie gestern Abend angerufen.»

Vivienne spöttelte und lachte; sie war froh, Dr. von Wyl von seinen fixen Ideen abgelenkt zu haben, doch sie glaubte ihm kein Wort:

«Die Sara in der Sahara!»

Dr. von Wyl sass stumm am Tisch, Vivienne hatte ihren Stuhl in seine Nähe gerückt und mit ihren kurzen, in alle Himmelsrichtungen stehenden Haaren sah sie wie ein Clown aus. Im weiten Nackenausschnitt ihres Nachthemdes hing eine kleine Nummer. Es waren Zahlen, die Dr. von Wyl bekannt vorkamen: 7362. Oder irrte er sich?

Der Himmel war von einer grauen Helle, und Schafe weideten auf der Wiese beim Wäldchen. Weiter in der Ferne meinte Dr. von Wyl auch Rinder und Pferde erkennen zu können.

«Wie im Frühling», sagte Dr. von Wyl, mehr zu sich selber.

«Wie gehts eigentlich De Villa?», fragte Vivienne und hielt Dr. von Wyl am Handgelenk fest.

«Ich weiss nicht, ob er diesen Infarkt überlebt», murmelte Dr. von Wyl, «es geht ihm sehr schlecht.» Seine Stimme klang traurig.

«Um diesen alten Lüstling musst du nicht trauern», sagte

Vivienne. «Wetten», fuhr sie fort, «dass der mehr über Angela weiss als wir alle zusammen. Auch Schorsch denkt an einen Unfall, alles andere, meinte er am Telefon, sei provinziellster Schwachsinn der übelsten Sorte.»

Dr. von Wyl hob die Schultern.

«Apropos Engel», sagte Vivienne, «Schorsch ist über dich entsetzt. Warum hast du ihm von Angelas Tod nichts erzählt? Das ist doch seltsam», stellte Vivienne fest, «er war wütend über deine mangelnde Informationspraxis.»

«Ich hab einfach nicht dran gedacht, das ist alles, was soll daran so seltsam sein?»

«Ärzte sind Himmel und Hölle», sagte Vivienne laut, es klang wie ein abschliessendes Urteil.

Dr. von Wyl schaute mit zuckendem Augenlid in Viviennes Gesicht. Doch er wurde nicht klug aus ihrer Bemerkung.

«Weisst du, mein Süsser», fügte Vivienne nach einigem Zögern hinzu, «allen hier kommst du mehr als gelegen, wirklich! Hast du das endlich kapiert?»

Als Dr. von Wyl bei der Türe stand – er sann Viviennes Worten nach –, kam sie von hinten ungestüm auf ihn zugerannt und küsste ihn heftig auf das rechte Ohr.

«Nur Mut, Riccardo, den Mutigen gehört die Welt», flüsterte sie.

Zum Glück waren an diesem Morgen nur wenige Patienten eingeschrieben. Und diejenigen, die seine ärztliche Hilfe beanspruchten, waren zumeist Ausländer: Ein Mann, Gärtner der Gemeinde, mit seiner kleinen Tochter Nasire aus Sri Lanka, eine Frau Hysen, Asylantin mit Schleier aus Mazedonien, ein Portugiese namens Da Costa aus der Küche des Kurhauses beim nahe gelegenen Heilbad und ein Mann aus dem Kongo namens Muloway vom Reinigungsdienst des

Altersheims. Sie alle hatten ihre kleinen Erkrankungen, sie alle bedurften seiner Zuwendung, und Dr. von Wyl fühlte sich inmitten dieser Leute, die ihm in keiner Weise feindlich gesinnt waren, wohl. Seine Arbeit kam ihm an diesem Morgen, wenigstens für einige Stunden, sinnreich vor.

Schwester Ursina war mit Laborarbeiten und Routinekontrollen beschäftigt, sodass sich das Gespräch mit ihr auf das rein Medizinische beschränkte, was beide Seiten entlastete.

Nochmals war ein sonniger, dunstiger Tag, wenn auch die Temperaturen gefallen waren, und die Bise den Rauch der Kamine gegen Süden trug. Ein schöner Anblick, dachte Dr. von Wyl, der wiederholt aus dem Fenster des Sprechzimmers schaute. Für Augenblicke hatte er seine Schwierigkeiten vergessen.

Als Schwester Ursina – mit Ekel und Abneigung in der Stimme – eine nicht angemeldete Frau mit Hund ankündigte, verfinsterte sich Dr. von Wyls Miene.

«Wer ist es denn?»

«De Villas Frau natürlich, Herr Doktor!», sagte Schwester Ursina, «Sie müssen endlich durchgreifen, das geht einfach nicht in der Praxis. Schorsch» – sofort errötend verbesserte sie sich – «Dr. Zünd, meine ich, Entschuldigung, hätte das längst unterbunden.»

«Schon recht, ich weiss, rufen Sie die Frau herein.»

Frau Villa trug einen kurzen, beigen Rock und einen schwarzen, eng anliegenden Rollkragenpullover, der die Hautfalten ihres Halses verdeckte. Ihre helle Gesichtshaut war mit weisser Schminke übertüncht. Eine neurotisch Gestörte, diagnostizierte Dr. von Wyl.

«Er wird das nicht überleben, jamais, es geht ihm sehr schlecht!», stotterte die Frau in ehrlicher Betroffenheit. Der weisse, kleine Hund auf ihren Armen zitterte am ganzen Leib. Die langen, violetten Fingernägel der Frau bohrten sich in sein Fell.

«Ich weiss. Es tut mir leid», sagte Dr. von Wyl und spürte, dass er der Frau kaum würde helfen können.

«Vous savez», sagte Frau Villa, «da ist einfach etwas, simplement, das ich loswerden muss, c'est ...»

Und wahrhaftig, Dr. von Wyl hätte das der Frau nicht zugetraut, es liefen ihr dicke Tränen übers Gesicht und hinterliessen deutliche Spuren. Auch die Turmfrisur geriet durcheinander.

«Er war, er ist un homme très difficile, er hatte, vous comprenez ... si ... mais ... je ... ich war nicht seine erste Frau, es war, toujours ...»

Jetzt liess sie ihren Tränen freien Lauf. Dr. von Wyl verstand nur einzelne Wörter und hatte Mühe zu antworten. Wiederholt hörte er Worte wie jeunes filles und Puppen und amour: Die Zusammenhänge aber blieben ihm unklar, und es war auch nicht der richtige Moment, um Genaueres zu erfragen, obwohl Dr. von Wyl klar war, dass ihm dieses Wissen unter Umständen später hätte hilfreich sein können.

Mit einem Rezept für ein Beruhigungsmittel entliess Dr. von Wyl die Frau und bot seine weitere Hilfe an.

Unmittelbar danach telefonierte er mit dem Spital. De Villas Zustand sei stabil, er werde, so wurde ihm mitgeteilt, beatmet.

Gegen elf Uhr, Dr. von Wyl hatte eben seine Uhr kontrolliert und die Schläge der Kirchenglocken gezählt, und der letzte Patient hatte kaum die Praxis verlassen, begann Dr. von Wyl die Krankengeschichten der am Nachmittag zu besuchenden Patienten zu studieren. Oberer Bühl las er. Das müssen Angelas Grosseltern sein, erinnerte er sich. Der Gedanke, zu den alten Leuten gehen zu müssen, war ihm unangenehm. Sein schlechtes Gewissen meldete sich. Noch immer hatte er es unterlassen, den Eltern des verstorbenen Mädchens einen Besuch abzustatten.

«Wie komme ich in den Oberen Bühl?» Dr. von Wyl rief durch die offene Türe des Sprechzimmers laut nach Schwester Ursina. Jetzt erst gewahrte er eine im Warteraum stehende jüngere Frau in einem seitlich geschlitzten, roten engen Rock und einem blonden Bürstenhaarschnitt. Sie trug eine kurze Lederjacke und über ihrer Brust hing ein Fotoapparat.

Die junge Frau kam Dr. von Wyl bekannt vor.

«Was fehlt?», fragte er unwirsch. Er hasste es, ohne Anmeldung oder Abmachung gestört zu werden.

«Darf ich?», sagte die Frau und ging, ohne zu grüssen und ohne seine Zustimmung abzuwarten, an Dr. von Wyl vorbei ins Sprechzimmer.

«Hunziker», sagte die Frau und setzte sich ohne Aufforderung auf den dem Schreibtisch gegenüberstehenden Patientenstuhl. Sie holte einen Schreibblock, eine Zigarettenschachtel und Zündhölzer aus ihrer Jackentasche hervor.

«Hier wird nicht geraucht», sagte Dr. von Wyl wütend und schloss die Türe laut. Schwester Ursina hatte eilig das Labor verlassen, um zu sehen, wer gekommen war.

«Ich bin keine Patientin», sagte die Frau und zündete sich ungeniert eine Zigarette an, «und deswegen nicht an Ihre Anweisungen gebunden.»

Dr. von Wyl erhob sich und für einen Moment hatte er den Impuls, die Frau sofort hinauszuwerfen, wenn nötig mit Gewalt. Er spürte, dass er, wenn er sich jetzt nicht durchsetzte, verloren war. Er öffnete das Fenster, schätzte die Höhe bis zum Betonboden darunter und dachte: Das dürfte genügen.

«Wer sind Sie? Was wollen Sie?», fragte Dr. von Wyl unwirsch.

«Eben, Hunziker, Polizeikommissarin Hunziker und zuständig in Sachen der verstorbenen Angela.»

Dr. von Wyl meinte zu träumen. Benommen setzte er sich auf seinen Stuhl und starrte die Frau an. Seine Augen fixierten den Ausschnitt ihres gestrickten, blauen Pullovers und den Ansatz ihrer Brustrinne. Hier hing an einer dünnen Goldkette ein kleines silbernes Kreuz. Eine Fliege summte um seinen Kopf. Die Kommissarin blies den Rauch ihrer Zigarette mit nach hintem gestrecktem Nacken in Richtung Zimmerdecke. Lange schwieg sie, dann erkundigte sie sich nach seinem Namen, Vornamen, Geburtsort, Zivilstand, Ausbildungsweg, Vertretungen und nach seinen medizinischen Stationen. Alles schrieb sie mit stenografischer Schrift in ihr Heft. Dr. von Wyl antwortete sachgemäss.

«Vorbestraft?» Dr. von Wyl schüttelte missbilligend den Kopf. «Oder Haftpflichtfälle, Sterbehilfeprozesse?» Die Kommissarin fragte automatisch und regungslos.

«Alle Leute im näheren Umfeld des verstorbenen Mädchens werden polizeilich kontrolliert», fügte sie zögernd, als wollte sie sich selber Mut machen, hinzu.

Dr. von Wyl schwieg. Er hatte nichts zu sagen. Heftig schlug er nach der Fliege, die ihm entwischte.

«Ein Unfall, nicht wahr, das haben Sie als Todesursache festgestellt?»

Dr. von Wyls Körper wurde steif, sein linkes Augenlid zitterte und zuckte, was das Sehen mühsam machte und ihn zwang, wiederholt das Augenwasser wegzuwischen.

«Ja, im Wald, am Morgen, die Felswand, ein Absturz, möglich ...» Dr. von Wyl stotterte, er kam nicht vom Fleck.

«Ihre sexuellen Präferenzen, Herr von Wyl, bitte, sagen

Sie: Homo? Bi? Hetero? Mädchen unter 16 Jahren? Perversitäten?»

«Das geht Sie nichts an. Ich bin Arzt, verstehen Sie, und ich verweigere jede persönliche Aussage.» Diese magere Geiss, dachte Dr. von Wyl, ein typischer Fall von Anorexie: gescheiterte Ablösung von der Mutter.

Ihr linkes, nacktes Knie kam ihm wie eine Versuchung vor.

«Das kommt Sie teuer zu stehen, Sie wissen, dass Sie verdächtig sind!» Die Kommissarin reagierte wütend.

Dr. von Wyls Stimme zitterte, als er antwortete:

«Ich? Ich? Machen Sie sich nicht lächerlich!»

«Von Wyl, wer sind Sie eigentlich? Ein Scharlatan? Irgendein hergelaufener Doktor? Das soll ein Unfall gewesen sein?», fragte die Polizeikommissarin höhnisch. «Wissen Sie überhaupt, was ein Unfall ist? Mitnichten.» Und ohne zu zögern fuhr sie fort – jetzt schwang das Kreuz in ihrem Brustausschnitt hin und her –:

«Oder Mithilfe zum Mord? Aber das wissen Sie vielleicht auch nicht. Verdrehung, nein: Verheimlichung falscher Tatsachen.»

Die Kirchenglocke schlug zwölf Mal. Unmöglich, dachte Dr. von Wyl und schaute aus dem Fenster, dass es schon Mittag ist. Er sass zusammengesunken in seinem Stuhl. Wegen seiner tränenden Augen sah er nur unscharf: Gegenüber nahm er ein stumm lachendes Gesicht wahr. Da war sie wieder, die leere, stille Verzweiflung. Er war bereit aufzugeben. Mit einem solchen Ton hatte noch nie jemand mit ihm gesprochen. Die Fliege hatte sich auf seinen linken Handrücken gesetzt. Er liess sie gewähren.

«Wo, das müssen Sie nun aber beantworten, haben Sie verstanden!, waren Sie am Sonntagabend zwischen fünf und zehn Uhr?»

«Mit dem Hund im Wald. Mit Schorsch beim Bahnhof. Nirgends.»

«Nirgends ist auch irgendwo, nicht wahr, Herr Doktor von Wyl?»

Dr. von Wyl fasste plötzlich wieder Mut. Sie hatte ja gar keine Beweise, nichts konnte man ihm nachweisen, absolut nichts.

«Das ist doch lächerlich», konterte er, «hören Sie mal zu, das ist eine Frechheit, das sind Unterstellungen der miesesten Art, das geht Sie alles gar nichts an!» Dr. von Wyl schrie plötzlich, er hatte die Beherrschung verloren:

«Lassen Sie mich gefälligst in Ruhe! Verstanden!»

Dr. von Wyl sass schwitzend in seinem Stuhl. Der Boden vor dem Sprechzimmer knarrte laut. Und die Polizeikommissarin schrieb, ohne sich beeindrucken zu lassen, ruhig und gelassen jedes Wort in ihr Heft und zündete, nachdem sie den Zigarettenstummel im Deckel ihrer Zigarettenschachtel ausgedrückt hatte, eine neue Zigarette an. Erst jetzt fielen ihm die auffällig langen, blonden, gerundeten Wimpern der Frau auf. Dr. von Wyl hörte den Parkettboden vor der Türe des Sprechzimmers wieder knarren. Die Hexe, dachte er, hört noch immer zu, auch das noch! Die Fliege umflog seinen Kopf.

«In der fraglichen Zeit, das wissen wir genau», doppelte die Kommissarin nach, «befand sich Herr von Wyl in unmittelbarer Nähe des Tatortes, ja?»

«Mit Alba, dem Hund, der Hündin.» Dr. von Wyl wusste nicht weiter.

«Aha, eine Hündin, hübsch – mit der gehen Sie nachts spazieren. Aber eine Freundin haben Sie doch, von Wyl, ein junges, hübsches, kleines Mädchen, oder?»

«Nein, zwei», gab er verärgert zur Antwort. Er hatte sich wieder gefasst und atmete tief aus und ein, er dachte an

Vivienne und Sara und an eine trockene, baumlose Ebene, wo die Sonne stechend vom Himmel schien und ihn blendete, und seine Lider zuckten. In eine solche Leere flüchtete er sich.

Die Frau nahm ihre Kamera vor die Augen und machte eine Blitzlichtaufnahme des Schreibtisches und, natürlich, von Dr. von Wyl. Er wehrte sich nicht mehr, seine Gedanken waren weit weg.

«Und Doktor Zünd ist Ihr grosser Freund, nicht wahr?»

«Mein ganz grosser Freund, genau.»

«Und woran starb Angela, wenn ich bitten darf, Sie haben doch den Totenschein ausgefüllt, oder?»

Dr. von Wyl zögerte. Er wusste nichts, gar nichts, zu antworten: Das war sein Untergang. Das war sein Fehler. Sein Ende.

«Ja», sagte Dr. von Wyl, «ja, ich ...» Er schwieg, schuldbewusst; er war unfähig, den Tatsachen entsprechend zu antworten.

Die Kommissarin schrieb unverdrossen weiter.

«Wer, wenn ich noch um einige Minuten Aufmerksamkeit bitten darf, ist Ihrer Meinung nach der Verdächtige?»

Die Frau mied elegant das Wort Mörder. Dr. von Wyl dachte an Frau De Villa und an ihre wirren Sätze, und, einer Eingebung folgend, die ihn nur gefühlsmässig, aber nicht intellektuell überzeugte, aber ihn möglicherweise entlasten könnte, sagte er, auch für ihn selber überraschend:

«Villa. Die Puppen. Der alte Bock.» Er gebrauchte ein ihm üblicherweise widerwärtiges Wort.

«Aha.» Mehr sagte die Frau nicht.

«Nein, nein», sagte Dr. von Wyl laut und bestimmt, so, als wäre eine grosse Last von ihm gefallen. Und er fügte lachend und mit einer ihm selbst fremd klingenden Stimme hinzu:

«Warum suchen Sie noch weiter? Ich! Ich bins doch. Ich!»
Seine Stimme überschlug sich. Wenigstens, dachte Dr. von Wyl, hat Schwester Ursina jetzt ihr Spektakel.
Die Polizeikommissarin schloss, ohne auf Dr. von Wyls merkwürdigen Ausbruch einzugehen, ihr Notizbuch und entnahm der Jackentasche eine Visitenkarte, auf welcher eine Telefonnummer notiert war. Wortlos stand sie auf und ging, nur kurz und unfreundlich Adieu sagend, zur Türe. Dort blieb sie nochmals stehen und fügte tonlos hinzu:
«Halten Sie sich zur Verfügung. Den Ort verlassen Sie nur mit meiner Genehmigung, verstanden! Bei einer Exhumierung der Leiche haben Sie anwesend zu sein, alles klar?»

Dr. von Wyl stellte sich an das noch immer offene Fenster. Ihm war schwindlig und übel, und obwohl die Luft kalt war, schwitzte er. Mit beiden Händen gelang es ihm endlich, die Fliege zum Fenster hinaus zu befördern. Sie wenigstens, dachte er, soll überleben.
Als Schwester Ursina – zuckersüss einen schönen Nachmittag wünschend – die Praxis eine halbe Stunde später verliess, stand Dr. von Wyl noch immer am gleichen Ort. Seine Gedanken wollten sich nicht mehr beruhigen, er kam zu keinem vernüftigen Schluss. Ich muss, dachte er, um alles in der Welt, den Mörder finden. Zum ersten Mal sah er oberhalb des Türrahmens ein kleines, weisses Kreuz.
«De Villa», sagte er laut, «Villa, das ist doch absurd.» Er lachte leise vor sich hin. Zum Glück hörte ihn niemand. Im gegenüberliegenden Haus sah er, erstaunt und entsetzt zugleich, Schwester Ursina am Fenster stehen. Mit offenen Haaren lächelte sie ihm zu.
Fluchtartig verliess Dr. von Wyl die Praxis. Alles, dachte er, kann ich der Kommissarin vorwerfen, und zuallererst

einen Mangel an Anstand. Und das ärgerte Dr. von Wyl am meisten.

Unterwegs in den Oberen Bühl – Dr. Zünds Karte lag auf seinen Knien – hatte Dr. von Wyl Mühe, sich auf die Strasse zu konzentrieren. Er bemerkte erst jetzt, dass er das Mittagessen vergessen hatte. Bei einer Wettertanne, nachdem er den Wald durchquert hatte, bog er in einen Feldweg ein. Der Himmel hatte sich noch mehr bedeckt, es war kühl geworden und nur noch eine Frage der Zeit, bis Regen einsetzen würde. Bei einer Ausweichstelle hielt er an und stellte den Motor ab. Er schloss die Augen. Todmüde war er, und nur mit grosser Anstrengung konnte er den Schlaf unterdrücken. Eine Mücke summte im Auto. Er öffnete das Fenster. Die kühle Luft tat ihm gut. Laut atmete er aus und ein. Seine Gedanken kreisten. Wer, dachte er, kann mir helfen? «Wer», sagte er laut, «ist der Mörder?»

Erst jetzt erinnerte er sich wieder an Dr. Zünds Worte: Das Einfache ist das Richtige. Und an Viviennes seltsamen Satz – was hatte sie wohl gemeint, als sie ihn ausgesprochen hatte? – Ärzte sind Himmel und Hölle? Er konnte sich unter ihrer Aussage einfach nichts vorstellen. Und sein eigenes Verhalten kam ihm jetzt mehr als verfehlt, ja geradezu idiotisch vor. Er hatte seine Beherrschung verloren, das war eindeutig. Das, was ihm schon immer, auch bei anderen, unsympathisch gewesen war, war ihm selber passiert, und es sprach nicht für, sondern ganz klar gegen ihn. Aber, überlegte er, wenn ich wirklich Angela etwas angetan haben sollte: Wozu? Zumindest erinnere ich mich an gar nichts. Oder doch? Hatte er nicht Schritte gehört?

Er startete den Motor und folgte langsam dem Feldweg bis zu dessen Ende. Hier stand einsam ein kürzlich renoviertes, kleines, hell gestrichenes Holzhaus. Der Blick ging weit über das Tal des Mühlbachs bis zum See. Noch immer gab es Mücken, was Dr. von Wyl erstaunte. Die Steinplatten vor dem Haus waren glitschig von der feuchten Witterung. Unzählige Würmer bedeckten den Boden des Gartens. Dort stand ein kleiner Bastardhund, der laut bellte. Es roch nach Mist, überreifem Obst und Herbstfeuer.

Die alten Leute hatten ihn kommen sehen, die weissen Vorhänge waren zur Seite geschoben und die Türe stand spaltbreit offen. Die alte Frau, wie ihr Mann, mit einem Hörapparat im Ohr, trug eine grüne, gestrickte Jacke und hielt sich auf einem alten, durchgesessenen Sofa in der Stube mühsam aufrecht, während ihr Mann – Hosenträger zogen die am mageren Körper schlotternde Hose in die Höhe –, mit dem Rücken am Türrahmen anlehnend, den Doktor nicht unfreundlich begrüsste.

Dr. von Wyl untersuchte beide. Er klopfte die Lunge ab, horchte das Herz aus, mass Blutdruck und Puls. Aufgrund der ausgeprägten Schwellung an den Knöcheln versuchte er den Leuten mitzuteilen, dass die Morgentabletten nun ganz geschluckt werden müssten. Er ging in die einfache Bauernhausküche und ordnete die Tabletten für die kommende Woche im Medikamentenschieber neu. Das Tetrapak Milch auf dem Tisch gab ihm einen Stich ins Herz.

Nochmals setzte sich Dr. von Wyl zur alten Frau auf das Sofa. Lange schwiegen sie, vielleicht wegen der Schwerhörigkeit der alten Leute. Der Hund hatte sich auf dem Boden vor dem Sofa leise knurrend eingerollt.

«Das mit der Angela ist schrecklich», versuchte Dr. von Wyl das Gespräch in Gang zu bringen.

«Ja, ja», sagte die Frau und begann zu schluchzen, während der Mann sich am Türrahmen festhielt und stumm blieb. Dr. von Wyl meinte in den Gesichtszügen der Frau Ähnlichkeiten mit Angelas Mundpartie zu erkennen.

«Was hatte Maria denn?», fragte er mit lauter Stimme.

«Was?», rief die alte Frau.

«Maria», wiederholte Dr. von Wyl.

«Das hat die Grosse doch alles mitgemacht», antwortete die Frau und Dr. von Wyl fragte noch einmal:

«Was war mit Maria?»

«Immer zum Doktor», sagte der Mann – offenbar verstand er doch mehr, als Dr. von Wyl angenommen hatte – deutlich, aber ungehalten.

«Was hatte sie denn, welche Krankheit, Maria?»

«Dr. Zünd war gut mit ihr», erwiderte die alte Frau schluchzend, «immer war er bei ihr und immer nett und immer da».

«Das ist schön», sagte Dr. von Wyl und hörte auf, weiter zu fragen, um den alten Leuten nicht noch mehr Schmerz zu bereiten. Längere Zeit sass er stumm neben der Frau auf dem Sofa. Der Mann hatte sich zusammen mit dem Hund in die Küche zurückgezogen. Als er aufstehen und ihr die Hand zum Abschied reichen wollte, zeigte die alte Frau auf Dr. von Wyls Ellenbeuge.

«So, so», sagte sie und machte mit den gichtigen Fingern der rechten Hand pumpende Bewegungen. Dr. von Wyl verstand nicht, was sie meinte.

«Was heisst das?», fragte er ungeduldig.

«Erstickt, grässlich», sagte die alte Frau und schluchzte leise.

Dr. von Wyl strich ihr mit einer hilflosen Geste über das aschgraue Haar und ging hinaus. In der Küche war niemand. Erst als er den Motor des Autos startete, sah er den alten Mann unter der Türe stehen und mit der einen Hand winken, während der Hund aus dem Inneren des Hauses bellte. Nein, dachte Dr. von Wyl, zu Angelas Eltern kann ich nicht gehen, mir fehlt der Mut.

Ein Flugzeug kreiste unsichtbar über den Tannen. Es erinnerte ihn an seinen ersten Besuch bei den Asylanten. So wählte er den Weg durch das Mühlbachtobel zum Asylantenheim. Er wollte nach Herrn Rukiqi, dem erkrankten Albaner, sehen.
Leichter Nieselregen hatte eingesetzt. Die Wolken hingen bis zum Boden, und von den Ästen der Bäume tropfte es. Was für ein dunkler Ort, dachte Dr. von Wyl, was für ein dunkles Land, ein Land, wo es sich eher zu sterben als zu leben lohnt. Es schauderte ihn, als er den Geruch von Moder wahrnahm und die Inschrift am Haus las: Asylantenheim: Am Mühlbach. Durchgang verboten!
Herr Reisiger, ein Mann mit nur noch wenigen grauen, in die Stirne gekämmten Strähnen auf dem Kopf und mit einer dicken violetten Jacke bekleidet, empfing Dr. von Wyl im Aufenthaltsraum, wo viele der Asylanten auf Polsterstühlen sassen und in den Fernsehapparat starrten.
«Tbc ist ausgeschlossen», sagte Dr. von Wyl, «in der Direktfärbung des Auswurfs wurden unter dem Mikroskop keine Stäbchenbakterien gefunden, zum Glück! Sie können beruhigt sein und brauchen Herrn Rukiqi nicht mehr zu isolieren.»
«Fitim isoliert sich selbst», lachte Herr Reisiger.
«Fitim?», fragte Dr. von Wyl. Er schaute sich im Raum um und hatte den Eindruck, dass die Leute und der Heimleiter sich mehr für das Fernsehprogramm – ein Kindertrickfilm wurde gezeigt – als für seinen Besuch interessierten.
«Fitim Rukiqi ist abgängig», stellte Herr Reisiger fest.
«Abgängig?» Das Wort kam ihm gleichzeitig fremd und

bekannt vor. «Aber der Mann ist krank, er braucht Behandlung», stellte Dr. von Wyl irritiert fest.

«Das weiss ich doch! Weg ist weg! Untergetaucht. Schlechtes Gewissen!»

Der Heimleiter war unfreundlich, wortkarg, er schaute immer wieder zum Fernsehapparat.

«Aber wohin ist der Mann gegangen?» Dr. von Wyl gab nicht auf, er wollte eine Antwort. Immerhin kam der Mann als Tatverdächtiger in Frage.

«Wohl in Turres», murmelte Herr Reisiger, «irgendwo dort unten. Vielleicht ist Fitim geflohen, vielleicht hatte er allen Grund dazu. Was weiss ich? Das geht mich doch nichts an, oder?»

«Und in die Fernsicht geht niemand mehr?»

«Ach», meinte Herr Reisiger, «sowas beruhigt sich schnell. Gestern die Albaner, heute die Türken, morgen ein Schweizer; nicht wahr?» Herr Reisiger lachte wiehernd und schaute Dr. von Wyl voller Verachtung ins Gesicht.

Dr. von Wyl verabschiedete sich schnell.

Es war spät am Nachmittag, als Dr. von Wyl in die Praxis zurückkehrte. Er versuchte ohne Licht auszukommen, denn er wollte weder gesehen noch gestört werden. Er sass vor dem grossen Schreibtisch im Sprechzimmer und versuchte, seine Gedanken zu ordnen. Es ist kein Traum, dachte Dr. von Wyl, es ist ein Albtraum. Dr. von Wyl kam nicht zur Ruhe, er ging zum Fenster, zurück zum Schreibtisch, durch das Labor in die Dunkelkammer. Vielleicht ist es einfacher, dachte er im Dunkeln stehend, den Mörder zu finden als meine Unschuld zu beweisen. Hier in diesem Raum störten ihn wenigstens weder sein zuckendes Lid noch sein verschleierter Blick. Dr. von Wyl fühlte sich leer.

Er kehrte ins Sprechzimmer zurück. *Gegen Leid und Schmerz*, las er, *für eine humane Medizin*. Der Spruch, geschrieben in alten, deutschen Buchstaben, hing direkt dem Tisch gegenüber an der Wand.

Als das Telefon klingelte, hob er gedankenverloren den Hörer ab. Es war der diensthabende Arzt vom Spital, der ihm den Tod Villas, vor wenigen Minuten und im Beisein seiner Freundin eingetreten, mitteilte. Auch das noch, dachte Dr. von Wyl, und er spürte, ihm ungewohnt, Tränen in seinen Augen hochsteigen. Alle meine Felle schwimmen davon, dachte er verbittert, wirklich alle.

Im Merseburger Hof in Leipzig war Dr. Zünd – Dr. von Wyl wollte seinem Freund wenigstens diese Nachricht nicht eine Sekunde vorenthalten – nicht erreichbar; er sei, sagte die Telefonistin nach kurzem Zögern, nicht im Zimmer. Vielleicht, sagte sich Dr. von Wyl, ist der Zeitpunkt ungünstig gewählt.

Sara anzurufen lohnte sich nicht: Wie hätte er sie in Sirmione auch erreichen können? Das, dachte er gereizt, werde ich ihr nie vergessen: mich so im Stich zu lassen!

Bevor Dr. von Wyl aufbrach, es dunkelte bereits, aber es war noch zu früh, um das Abendessen zuhause einzunehmen – Vivienne hatte am Morgen (eine einmalige Unterbrechung ihrer Diät!) von einem Festmenü gesprochen –, ging er zum Notfallschrank und entnahm ihm die grosse und, wie Dr. Zünd gesagt hatte, notfalltaugliche Taschenlampe. Einer plötzlichen Eingebung folgend und sich an früher gelesene Kriminalromane von Patricia Highsmith erinnernd, hatte er sich entschlossen, aus welchen Gründen auch immer, nochmals den Wald und die Waldlichtung und damit den Tat- oder besser den Todesort aufzusuchen um – Dr. von Wyl erwartete es eigentlich nicht – möglicherweise neues, ihn entlastendes Beweismaterial zu finden. Natürlich war er sich der Lächerlichkeit seiner Aktion bewusst, doch etwas Sinnvolleres zu tun fiel ihm im Moment nicht ein. Denn, überlegte er sich und ging im Halbdunkeln zum Labor, vielleicht wäre es auch wichtig, nicht nur den Todeszeitpunkt, sondern auch die Todesart ausfindig zu machen. Und während Dr. von Wyl in einem herumliegenden Kräuterbuch blätterte, gepresste Blätter lagen als Buchzeichen zwischen den Seiten, dachte er an Angelas linken (oder rechten?) Arm und an die dort von ihm bemerkten Totenflecken und an die damals festgestellte Totenstarre, und dass aufgrund der Blauverfärbung der Ellbeuge und der Steifheit der Muskulatur der Todeszeitpunkt von Angela doch schon am Vorabend, also einige Stunden früher, eingetreten sein musste. Hier stoppten seine Gedanken. Welche Todeszeit hatte Schwester Ursina erwähnt? Dr. von Wyl erinnerte sich nicht mehr.

«Merkwürdig», sagte Dr. von Wyl laut, «sehr, sehr merkwürdig!»

Er hielt ein scharf riechendes, welkes Teekraut in den Händen. Ein Nachtschattengewächs: Bilsenkraut, wie es im Buch hiess, hatte er gefunden. Er lächelte und dachte: Na ja, ein Hexentee für die Hexe!

Er fuhr schnell, denn es blieb ihm nur wenig Zeit bis zum Abendessen. Es war nicht mehr Tag und noch nicht Nacht. Regen hatte eingesetzt und das Zwielicht liess die Bäume gespenstisch erscheinen. Als ihm ein grosser, blauer TV-Camion der lokalen Fernsehstation entgegenkam, bückte sich Dr. von Wyl instinktiv. Was ist nur los mit mir, dachte er, wo ist meine Selbstsicherheit geblieben? Im Rückspiegel konnte er beobachten, dass der Camion vor der Fernsicht – deren grosser Parkplatz mit Autos verstellt war – parkierte.

Er fuhr bis zur Wettertanne und bog in den Waldweg ein. Mit dem grossen Auto und seinen breiten Pneus konnte er den Weg bis weit in den Wald befahren. Es regnete stärker, und es war kalt. Als er das Auto verliess, hörte er in umittelbarer Nähe Hundegebell. Das muss der Hund der alten Leute im Oberen Bühl sein, dachte er, eigentlich hätte dieser Angela, wenn sie, wie bei einer Vergewaltigung anzunehmen, geschrieen hätte, hören müssen in jener fatalen Sonntagnacht. Jetzt erst wurde Dr. von Wyl bewusst, wie nahe das alte Haus beim grossen Wald stand.

Am Fuss der Felswand, die im Schein der Lampe und wegen der Nässe schwarz glänzte, war der Boden zertrampelt und matschig. Die Felswand war mindestens zehn Meter hoch. Nur, dachte Dr. von Wyl, wenn Angela hier wirklich hinuntergerutscht ist, dann hätte ihr Körper oder zumindest ihr Kopf sichtbar verletzt sein und ihre Kleider hätten entsprechende Spuren aufweisen müssen. Aber wusste er das denn so genau? Er ärgerte sich erneut über seine Befangenheit bei der Untersuchung der toten Angela, welche an seiner zunehmend schwierigen, wenn nicht ausweglosen Situation schuld war.

Er ging auf dem Weg einige Schritte weiter und versuchte, den oberen Pfad – Angelas täglichen Weg – zu erreichen. Er fand im dichten Unterholz eine Abkürzung, die leicht zu ersteigen war. Als er oben an der Felswand angekommen war, bückte er sich und suchte im feuchten, modrigen Unterholz nach Spuren. Doch was wollte er eigentlich? Ihm kam es vor, als wären die Äste der blattlosen Büsche abgeknickt. Er kam nicht weiter. Das Dickicht war undurchdringlich. Er kehrte zum Fuss der Felswand zurück. Wieder bückte er sich und im

Morast entdeckte er ein kleines, schmutziges Stück Stoff: ein Pflaster.

«Herrgottnochmal», rief Dr. von Wyl laut, «was soll denn das!»

Es war, wie sein Pflaster, ein Kinderpflaster mit Pinguinen. Er hob das Pflaster auf. Noch immer bellte der Hund in der Ferne. Rauschend ging der Regen nieder. Es war dämmrig. Dr. von Wyl stand still, er dachte nach. Seine Gedanken kreisten um das Pflaster und um das Nachtschattengewächs. Er kam nicht weiter. Und noch immer roch er Rauch: Zigarettenrauch. Plötzlich hörte er in unmittelbarer Nähe ein Motorengeräusch. Zum ersten Mal dachte Dr. von Wyl an die von Dr. Zünd erwähnte Pistole. Zudem vermisste er Alba. Das Motorengeräusch und das Hundegebell verstummten. Er roch Rauch.

«Halt», schrie eine heisere Stimme in seinem Rücken. Dr. von Wyl schloss seine Augen. Er erwartete den tödlichen Schuss in sein Herz von hinten.

«Was suchen Sie da?» Es war Holzer mit einer blendenden Scheinwerferlampe in der Hand und einem brennenden Zigarettenstummel im Mund. Dr. von Wyl hatte Mühe zu antworten, denn seine Kehle war ausgetrocknet.

«Das frage ich Sie», erwiderte Dr. von Wyl krächzend.

«Wer stellt hier die Fragen, häh? Die Katze lässt das Mausen nicht! Von Wyl,» sagte Holzer drohend, «jetzt hören Sie mal gut zu!» Holzer vesuchte, seine mangelnde Körperschwere mit der Lautheit seiner Stimme auszugleichen: «Alles wird protokolliert und weitergegeben, alles, alles was Sie tun! Meine Aufgabe! Kapiert!»

«Tun Sie Ihre Pflicht», sagte Dr. von Wyl, er hatte sich wieder gefasst. Der Mann und auch seine eigene Angst kamen ihm auf einmal lächerlich vor. In seiner Hosentasche berührte er das feuchte Pflaster; er konnte sich keine Zusammenhänge vorstellen und doch kam ihm sein Fund wie ein Glückspfand vor. Wortlos, ohne sich zu verabschieden und ohne sich zu rechtfertigen, ging Dr. von Wyl zu seinem Auto zurück.

Das kleine, weisse Auto von Holzer war so parkiert, dass es Dr. von Wyl nur mit grosser Mühe gelang, auf der schmalen Strasse zu wenden. Im Scheinwerferlicht konnte er beobachten, wie Holzer ihm nachschaute.

Es regnete heftig, als Dr. von Wyl zuhause ankam. Das Kerzenlicht, der festlich gedeckte Tisch und Viviennes rosarotes Sommerkleid rührten ihn.

«Hast du auch wirklich genug gegessen?», fragte Vivienne. «Du weisst, ich muss mich zurückhalten. Aber wenigstens konnte ich dich etwas mit unserem bösen Ort versöhnen, nicht wahr?»

Vivienne sah in ihrem dünnen Kleid mit den schmalen Trägern, den schwarz nachgezeichneten Lippen, den von der Kachelofenwärme geröteten Wangen, den mit roten Maschen verschönerten Haaren und den blau angestrichenen Augenlidern blendend aus. Sie trug einen Ohrenschmuck aus gewundenen Spiralen.

«Kompliment!», sagte Dr. von Wyl, «ich muss dir gratulieren. Du bist eine ausgezeichnete Köchin. Nur schade, dass ich nicht häufiger bei dir zu Gast bin.» Seine Augen folgten den sich stetig drehenden Spiralen an Viviennes Ohrläppchen.

Dr. von Wyl war satt, müde und für Momente ruhig und zufrieden. Der schwere Montepulciano war ihm in den Kopf gestiegen, und das reichhaltige Mahl – Kürbiscrèmesuppe, Rindsschmorbraten, Rotkraut, Spätzli, Äpfel mit Preiselbeerfüllung, Nüsslisalat und zum Dessert Vermicelles und Kaffee – hatte seine Sinne betäubt.

Als Vivienne die Deckenbeleuchtung ausschaltete, sie im Kerzenlicht sassen und über dies und das plauderten – bewusst mieden beide Angelas Tod –, spürte Dr. von Wyl eine Hitze in sich aufsteigen, die ihm unbekannt war. Die Zeit verging, und sie zögerten das Aufstehen, Hinaustragen des schmutzigen Geschirrs und die Küchenarbeit hinaus. Nichts, dachte Dr. von Wyl, darf diesen Moment zerstören. Obwohl er Vivienne gern von der Kommissarin, von Holzer und seiner ausweglosen Situation berichtet hätte, schwieg er. Auf der einen Seite fehlte das Vertrauen, auf der anderen Seite wollte er kein Mitleid erregen: Das war ein Gefühl, das er hasste, wenn es ihn selbst betraf.

«Nach dem Essen», sagte Vivienne endlich und lehnte sich an Dr. von Wyl an, «sollst du ruhn oder hundert Schritte tun.»

«Ja, du hast Recht.»

«Also: schlafen oder gehen? Was möchtest du?» Vivienne wollte es genau wissen.

«Alba ruft.»

Tatsächlich bellte in diesem Moment der Hund.

Bevor sie in Stiefeln und zusammen mit Alba das Haus verliessen – der Regen hatte etwas nachgelassen –, hatte sich Dr. von Wyl nach Schorschs Pistole erkundigt. Ohne auf die Frage näher einzugehen, hatte Vivienne die unterste Schublade der in der Stube stehenden Kredenz herausgezogen und einen doppelten Boden angehoben. Hier lag die kleine Pistole.

«Man weiss nie», seufzte Dr. von Wyl, und Vivienne, Dr. von Wyl tief in die Augen schauend, sagte:

«Auch Schorsch nimmt sie manchmal mit, weisst du. Ich verstehe dich. Aber ich würde sie nie berühren. Mich grausts.

Aber», fragte Vivienne und drückte unvermittelt ihre Zeigefingerkuppe gegen Dr. von Wyls unteres linkes Augenlid, «was hat denn dein Lid?»

«Die Erregung», sagte Dr. von Wyl, und beide lachten.

Dr. von Wyl schob die Pistole in seine linke Mantelinnentasche. Er fühlte sich sicher. Soll kommen wer will, dachte er, ich kann mich verteidigen. Er betastete das Pflaster in seiner Hosentasche, und stellte sich vor, dass es ihm Glück bringen könnte. Vivienne hatte er nichts von seinem Fund erzählt.

Sie gingen auf einem beleuchteten Feldweg bis zum Dorf. Vivienne hatte sich bei Dr. von Wyl, der den Schirm trug, eingehängt. Beide wunderten sich, dass sie im Gleichschritt gingen, und dass ihre Armhöhe übereinstimmte. Vor der Kirche bogen sie in die Hauptstrasse ein. Es war kaum ein Auto unterwegs. In den Stuben der Häuser schimmerte blaues Licht.

«Wo wohnt eigentlich Ursina?», fragte Dr. von Wyl.

«Du Unersättlicher», lachte Vivienne, «Schorsch hat schon Recht: Keine Frau ist vor dir sicher! Dort, sagte sie», und zeigte zum Dorfausgang und zu einer neu erbauten Siedlung. Die Praxis lag genau in entgegengesetzter Richtung.

«Bist du sicher?»

«Soll ich dir die Adresse aufschreiben?» Vivienne hatte sich von Dr. von Wyls Arm frei gemacht. Vielleicht war das zuckende Lid daran schuld, dass Dr. von Wyl unscharf sah, aber hinter der Kirche auf dem Friedhof, in der Nähe der noch immer aufrecht stehenden Kränze, meinte er eine gebückte Gestalt zu erkennen. Er schloss den Schirm und nahm Alba an die Leine. Der Regen fiel in weissen Fäden vom Himmel.

«Vivienne», flüsterte er, und, einem Reflex gleich, tastete er nach der Pistole in seiner Mantelinnentasche.

«Du», sagte Vivienne und ihre Stimme zitterte, «da ist doch jemand.»

«Wer ist das?», fragte Dr. von Wyl leise. Er nahm die Schusswaffe in seine rechte Hand. Zum ersten Mal in seinem Leben umfassten seine Finger den Knauf einer Pistole. Und er war bereit abzudrücken.

«Angelas Grab!», meinte Vivienne und schmiegte sich eng an Dr. von Wyl. Beide atmeten nicht. Der Regen war wieder stärker geworden.

«Schon möglich», sagte Dr. von Wyl.

Langsam gingen sie näher, Schritt um Schritt. Meine Rettung, dachte Dr. von Wyl, ich bin gerettet! Das muss der Mörder sein! Sie waren nun nahe genug, um, im Schutz hoher Lorbeerbäume, ungehinderten Blick auf die Gräber zu haben.

«Das ist Marias Grab», flüsterte Vivienne, «Angelas Grab ist weiter vorn.»

Dr. von Wyls Hände zitterten, seine Kleider klebten schweissnass am Körper, sein Herz raste. Und er sah, wie Viviennes Lippen bebten. Wasser tropfte aus ihren Haaren und Haarsträhnen hingen ihr in die Augen.

«Maria, bist du sicher?», fragte Dr. von Wyl enttäuscht.

«Sie starb am 24. Dezember vor vier Jahren.»

«Angelas Schwester», stellte Dr. von Wyl fest. Er versuchte, die noch immer über dem Grab gebückte, unbewegliche Gestalt zu erkennen.

«Balzli», sagte Dr. von Wyl, «das ist Balzli vom Heim, vom Tannenheim, das muss Balzli sein.»

«Bist du ganz sicher? Ach, der hat Liebeskummer», meinte Vivienne, «ein armer Mensch, aber sicher kein Mörder.»

Dr. von Wyl steckte die Pistole mit einem schlechten

Gewissen in die Manteltasche. So ein Unsinn, dachte er, das ist doch sinnlos.

«Ein Arzt und eine Pistole», überlegte Dr. von Wyl laut, «sind ein Widerspruch. Wir haben, so heisst es im hippokratischen Eid, uns um das Leben und nicht um den Tod zu kümmern.»

Vivienne schwieg, sie schaute zum Friedhof hinüber.

«Human dignity, nicht wahr?» Vivienne hatte eine Frage gestellt, doch Dr. von Wyl verstand den Zusammenhang nicht. Der Ausdruck allerdings kam ihm bekannt vor.

«Englisch?», wollte er wissen. Vivienne nickte stumm.

Sie gingen, Hand in Hand glücklich wie nach einer überstandenen, grossen Gefahr, langsam den Weg zu ihrem Hause zurück. Dicht fiel der Regen, zum Teil mit Schneeflocken vermischt.

«Balzli sucht noch immer», sagte Vivienne, «ein bemitleidenswerter Kerl, überall sucht er nach seiner Marie.»

«Aber er ist sicher kein Mörder», wiederholte Dr. von Wyl, «oder?» «Herr Rothen vom Heim», fuhr er fort, «hat allerdings versprochen, das Tor immer abzuschliessen. Das tut er aber offenbar nicht, also hat Balzli auch nachts freien Augsgang, und Balzli hat Angela gefunden, immerhin könnte er Angela …» – Dr. von Wyls Gedanken kreisten – «er hat sich in den Kopf geschossen, er treibt sich nachts in den Wäldern herum, und er ist verletzt, ich meine, es wäre möglich, dass Balzli Angela …»

«Ach lass das!», unterbrach Vivienne heftig. «Balzli ist harmlos. Ein armer Irrer, mehr nicht.»

Sie waren beim Haus angekommen. Dr. von Wyl nahm die Pistole aus der Manteltasche und übergab sie ihr.

«Die gehört dir», sagte Dr. von Wyl, «ich mache mich nur lächerlich damit.»

Mit Ekel nahm Vivienne die Pistole in die Hand und betastete den Lauf.

«Täusch dich nicht, mein Lieber! Himmel und Hölle, nicht wahr? Ihr Ärzte seid doch immer beides. Verstehst du?»

Dr. von Wyl schwieg. Sie standen vor der Haustüre.

«Ihr seid die Herren über Leben und Tod, vergiss das nie!», rief Vivienne laut.

Dr. von Wyl war zum Umfallen müde.

«Vivienne, ich sage dir etwas: Du musst mir helfen. Der Albaner, von dem ich dir erzählt habe, ist geflohen.»

«Das ist schlecht. Kein Beweis natürlich, aber es hilft dir nichts.» Vivienne war ganz bei der Sache und offenbar bereit, für Dr. von Wyl einzustehen. Die Pistole in ihrer Hand schien ihr Mut zu machen. Und Dr. von Wyl hatte nun doch das Gefühl, eine Verbündete gefunden zu haben.

«Und De Villa ist tot.»

«De Villa tot?», fragte Vivienne. «Nein, ich glaubs nicht.» Sie schwieg, sichtlich betroffen. «Was für ein Chaos», fügte sie hinzu. «Mein Gott, das gibt ein Staatsbegräbnis, im Oberwallis natürlich.»

«Aber nützt mir das etwas?» Dr. von Wyl fragte verzweifelt.

«Dir? Nein, ich glaube nicht, er war zwar ein Ekel, aber nicht dumm. Wenn ich mirs so überlege: Nein, De Villa wars nicht, der Süsse, der kommt als Mädchenkiller nie in Frage. Und in seinem Alter!»

Noch immer standen sie vor der offenen Haustüre.

«Ich sehe schwarz», stellte Dr. von Wyl fest, «alles spricht gegen mich. Ich bin verhört worden, Hunziker heisst die Kommissarin, ein richtiges Scheusal, die glaubt doch tatsächlich, weil ich einen Unfall als Todesursache angenommen habe, ich hätte Angela umgebracht. Einen Unfall zur Irreführung der Polizei, um mich selbst zu schützen und um von mir abzulenken. Die meint, ich sei perv... »

«Ich habs schon gehört», unterbrach Vivienne abrupt, «ich weiss alles, reg dich nicht auf. Angst, aber das weisst du ja besser, ist ein Zeichen von Schwäche. Und das kannst du jetzt am wenigsten gebrauchen, kannst du dir jetzt am wenigsten erlauben. Es ist fünf vor zwölf!»

Dr. von Wyl bückte sich schweigend und rieb Albas Fell mit einem Tuch trocken. Sie entledigten sich ihrer nassen Mäntel und Schuhe. Es war so kalt geworden, dass die Haut ihrer Gesichter brannte. Dicht fielen die Schneeflocken, als Vivienne die Haustüre von innen abschloss. Sie kämmte ihre Haare und sah, dass Dr. von Wyls Augenlid – er stand nahe bei ihr – wieder zuckte. Sie holte aus dem Garderobenschrank eine Brille hervor.

«Da», sagte sie, «nimm meine Sonnenbrille, die schützt vor dem Flattern.»

«Danke, vielen Dank.» Mit der Sonnenbrille vor den Augen und einem Kuss auf ihre nasse Stirne verabschiedete er sich von Vivienne. Beide lachten. Ihm kam es vor, als lachte er zum ersten Mal seit Tagen. Vivienne ging in die Küche und wollte sich unter keinen Umständen helfen lassen. Todmüde fiel Dr. von Wyl in einen tiefen Schlaf. Die Türe zu seinem Zimmer liess er unverschlossen.

Ein siebter Tag.

Das Schaben des Schneepflugs auf dem Strassenbelag weckte Dr. von Wyl. Es war fünf Uhr morgens. Nichts regte sich. Dr. von Wyl fror im Bett. Er erinnerte sich an diesem Morgen als Erstes an die Lieder der Kinder: «Heil dir, oh Gott, oh Schöpfer Heil.» Was für ein Unsinn, dachte er, was soll denn das? «Aus deinem Wort», summte es weiter, «entstand die Welt.» Wir werden sehen, dachte Dr. von Wyl, ob mich heute das Wort oder die Tat retten wird. «Der siebte Tag!», sprach Dr. von Wyl laut, gerne hätte er sich heute Ruhe gegönnt. Schlagartig war ihm seine fatale Lage wieder bewusst. Wenn ich mich, sagte er sich und verliess das Bett, aus dem mir schon um den Hals liegenden Strick noch befreien kann, werde ich dich – Dr. von Wyl lächelte, seine Augen gingen zur Zimmerdecke – in Ewigkeit preisen. Es war ein Versprechen, das er unter allen Umständen einhalten wollte. Doch die Möglichkeit einer Rettung – durch wessen Hilfe? – schloss er sofort und mit Bestimmtheit aus.

Tief verschneit lag die Landschaft im Morgengrauen. Die Hügel glänzten, ihre Konturen waren weich. Vielleicht, dachte Dr. von Wyl, kein schlechtes Zeichen.

Seine Augen glitten, ohne Lidflattern, aber mit Sonnenbrille, über die vollen Bücherregale. Und während er die Buchrücken studierte, nahm er sich vor – sein zweites Versprechen an diesem Morgen – noch heute diesen Ort zu verlassen. Morgen, dachte er, kommt Schorsch zurück, dann kann er weitermachen, dann braucht er mich nicht mehr. Und mein Abschied wird für Schorsch und Vivienne – Dr.

von Wyl lächelte und stellte den Elektroofen auf heiss – eine Befreiung sein. Dass er aus H. nicht ohne polizeiliche Genehmigung wegreisen durfte, verdrängte er.

Zwischen einer Sammelmappe namens Osteochart und dem Harvard Guide to Psychiatry fand Dr. von Wyl eine ältere Ausgabe des Lehrbuchs der Kinderheilkunde von Fanconi-Wallgren, Achte Auflage, Schwabe-Verlag, 1967. Er blätterte darin, las einige Sätze. Ein mir fremd gewordenes Gebiet, dachte er und informierte sich über Lungenentzündungen und Fleckfieber und hielt auf Seite 760 inne: Eine Polaroidfoto flatterte ihm aus dem Buch entgegen.

«Angela, ja, das ist doch Angela!», rief Dr. von Wyl laut.

Es war eine Profilaufnahme, und das Mädchen schaute aus den Augenwinkeln zum Fotografen. Unter dem rechten Auge fand sich eine leichte Schwellung, die Haare waren über den Schläfen gelockt, fielen wild gekraust auf nackte Schultern und gerade gekämmt bis zu den Augenbrauen, wässrig-blau die Augen.

«Mein Gott, was suchst du hier?» Dr. von Wyl war gerührt von der auffallenden Schönheit des Kindes; er meinte sich wieder erinnern zu können, ein ähnliches Porträt vor Jahren in einer Sammlung italienischer Renaissancekunst in Ferrara gesehen zu haben. Wie hiess nur der Maler, das Bild? Der Maler stammte, das wusste Dr. von Wyl, aus Umbrien, und das Bild stellte einen musizierenden Engel mit einer Laute dar.

Er schätzte, dass die Fotografie – die Farben wirkten unverfälscht – vor wenigen Tagen aufgenommen worden war. Ohne sich Gedanken zu machen, verstaute er sie in seiner Hosentasche. Im offen vor ihm liegenden Buch las er auf Seite 761 Sätze, die zum hier beginnenden Kapitel über die Cystische Pancreasfibrose gehörten. Unwichtiges übersprang er, einzelne Wörter blieben wie hell leuchtende Sterne in seinem Kopf hängen: Familiäre Häufung unter Geschwistern, intelligente Kinder, Trauerspiel, Ersticken, elendiglicher Sterbenskampf, jeder 16. bis 50. Mensch, Therapieversagen. Dr. von Wyl begann zu schwitzen.

«Wenn ... aber ... nein ... doch ...» Zum ersten Mal hegte er einen konkreten Verdacht. Doch er wagte den Gedanken nicht weiterzuspinnen, zu schrecklich, zu niederträchtig wollte er ihm vorkommen.

Am Fenster stehend und in die frisch verschneite Landschaft schauend verscheuchte Dr. von Wyl seine seltsamen und ihn zutiefst irritierenden Ideen.

«Das ist einfach unmöglich», sagte er laut, «das kann doch nicht sein!» In der Küche wärmte er sich Kaffee. Alles war sauber aufgeräumt. Er wollte Vivienne nicht wecken, nahm sich aber vor, ihr sobald als möglich von seinem schrecklichen Verdacht zu berichten. Denn sie als Einzige schien ihm vertrauenswürdig.

Als Dr. von Wyl mit Alba unter einem grauen, Wolken verhangenen Himmel durch den fusshoch liegenden, nassen Schnee zu den Birken stapfte, hatte er die Sonnenbrille noch immer vor den Augen. Sie gab ihm ein verwegenes Aussehen. Wenn ich, dachte Dr. von Wyl, und lächelte, schon kein Mörder bin, sehe ich vielleicht wenigstens wie ein solcher aus. Und Viviennes Sonnenbrille half, welch ein Wunder! Der erste Morgen ohne Lidzucken. Er dachte an den bevorstehenden Tag und an das, was ihn erwarten würde. Immerhin, der Beginn war viel versprechend gewesen. Hoffnung keimte in ihm auf.

Zuhause wechselte er die Hose, weil die Hosenstösse vom Schnee nass geworden waren. Er achtete darauf, die Bundfalten nicht zu zerknittern.

Früh brach er auf. Er wollte, so hatte er es sich zurechtgelegt, zuerst und ohne Schwester Ursinas Wissen mit dem Kongresszentrum in Leipzig Kontakt aufnehmen. Vom oberen, hinter den Häusern des Oberdorfs durchführenden Weg aus konnte Dr. von Wyl den Friedhof gut überblicken. Zwei grosse, graue Lieferwagen waren auf dem Parkplatz parkiert und, so schien es ihm, mehrere Männer waren mit Grabarbeiten in der Nähe von Angelas Grab beschäftigt. Sie werden, sagte er sich, und der Gedanke beruhigte ihn, Kränze und Blumen ordnen.

Er war, was für ein Glück, wirklich allein in der Praxis. Lange verweilte er am Telefon; es kostete ihn viel Zeit – und Geld, doch das war ihm gleichgültig –, um vom deutschen telefonischen Auskunftsdienst die Rufnummer des Ärztekongresses für Allgemeine Medizin in Leipzig 2, Tröndlin-Ring 10 zu erhalten. Endlich klappte es. Dr. von Wyl wünschte Einblick – er meldete einen medizinischen Notfall als Grund an – in die Präsenzliste. Man werde zurückrufen, hiess es, es sei noch zu früh. Dr. von Wyl wusste sich zu gedulden. Er öffnete Schränke, zog Schubladen heraus und suchte im Medikamentenlager nach entlastendem Beweismaterial.
«Was soll der Unsinn!», sprach Dr. von Wyl zu sich selber und kehrte in das Sprechzimmer zurück. Wieder änderte seine Gemütslage: Der Mut hatte ihn verlassen, Verzweiflung machte sich breit.
Als er gedankenverloren, aber ruhelos, in den Ablagen, in den Schubladen und auf den Regalen herumstöberte, in der Praxis herumwanderte, fand er in der linken Tasche von Schwester Ursinas Labormantel – nichts war vor seinem Zugriff sicher! – den Schlüssel zum sogenannten Giftschrank, dem Tresor mit den gefährlichen Betäubungsmitteln.

«Das Luder hat den Schlüssel doch!», triumphierte Dr. von Wyl und öffnete die gepanzerte Türe.

«Heureka!», rief er laut, denn er hatte, zuhinterst im Tresor und gut versteckt in einer kleinen Plastikschublade eine weiss-rote Schachtel mit drei Ampullen – eine fehlte allerdings – mit der Aufschrift Pentobarbital 100 mg/ml gefunden. Mit dieser Substanz kann man leicht einen Menschen in den Tod befördern.

«Interessant, interessant, da hast du einen gravierenden Fehler gemacht, mein lieber Freund», flüsterte Dr. von Wyl und seine Stimmung schlug erneut um. Er fühlte, dass seine Lage sich von Minute zu Minute verbesserte. Die Schachtel mit den zwei Ampullen verstaute er in der Tasche seines weissen Arztmantels. Immerhin war es denkbar, dass Angela mit diesem Mittel getötet worden war. Eine andere Verwendung der Ampullen konnte sich Dr. von Wyl nicht vorstellen. Dr. von Wyl kombinierte, dass Schorsch Angela umgebracht hatte, um das Mädchen vor einem qualvollen Tod zu bewahren. «Human dignity!», rief er laut.

Die Türe der Praxis wurde geöffnet. Das muss Ursina sein, dachte Dr. von Wyl, und setzte sich schnell an den Schreibtisch.

Das Telefon klingelte.

«Für Sie!» Schwester Ursinas Stimme tönte hart und unheilverkündend.

Die den Kongress organisierende pharmazeutische Firma erteilte freundlich Auskunft: Die Teilnehmerliste der gestern und heute anwesenden Ärzte wurde durchgegeben. Und was Dr. von Wyl befürchtet – oder erhofft – hatte, bestätigte sich: Dr. Zünd war weder gestern noch heute unter den gemeldeten Teilnehmern.

«Also doch», sagte Dr. von Wyl. Er fühlte sich in seiner

bösen Vorahnung bestärkt. Allerdings zeigte ihm das wiederholte Knacken in der Telefonleitung auch, dass Schwester Ursina mithörte.

Das sind, überlegte Dr. von Wyl, noch keine Beweise. Und ich bin kein Fahnder! Auch nicht das Betäubungsmittel, auch nicht Angelas Foto, auch nicht Schorschs Fehlen am Kongress.

Grusslos und ohne zu klopfen – wieder ein Ärgernis für Dr. von Wyl! – betrat Schwester Ursina, die grauen, langen Haare zu einem Pferdeschwanz zusammengebunden, das Sprechzimmer und legte, unfreundlich murrend, die heutige Ausgabe des Lokalanzeigers auf seinen Tisch.

Dr. von Wyl sagte nichts. Er starrte auf das grossformatige, farbige Bild auf der Titelseite: Da sass er selbst hinter dem Schreibtisch. Dr. von Wyl schaute Dr. von Wyl an. Die Haare klebten an seiner Kopfhaut. Das linke Lid bedeckte das Auge vollständig.

«Was für eine schreckliche Fotografie», flüsterte er, «so sehe ich wirklich wie ein Verbrecher aus. Ursina!», rief er. Doch sie antwortete nicht. Was solls, dachte Dr. von Wyl, sie wird eh schon alles wissen und ihrem Geliebten weitererzählt haben!

Noch mehr ärgerte er sich über den kursiv gedruckten Text unter der Fotografie: *Mit in die Abklärungen in den Todesfall von Angela S. in H. verwickelt: Der stellvertretende Arzt Dr. Ricardo von Wyl.* Am meisten störte ihn, dass, wie so oft, sein Name mit nur einem C geschrieben wurde.

Ein Routinetag stand bevor. Blutzucker mussten kontrolliert, Blutverdünnungen neu eingestellt und einige präoperative Abklärungen durchgeführt werden. Der erste Patient war ein Italiener mit Vorderarmgipskontrolle.

Dr. von Wyl starrte mitten in der Untersuchung zum Pendel der Uhr im Uhrenkasten. Dieses schlug regelmässig, auch die Zeit stimmte.

Bevor er den nächsten Patienten empfing – es kamen einige nicht, die vorgemerkt waren –, versuchte Dr. von Wyl Vivienne zu ereichen, doch immer ertönte das Besetztzeichen. Mit wem um alles in der Welt musst du denn so lange telefonieren?, wunderte sich Dr. von Wyl. Er war gereizt, aufgeregt, unruhig; jetzt, wo er vielleicht seinem Ziel nahe war, drohte seine Verbündete ihn im Stich zu lassen. Allein, das spürte er, würde er es nicht schaffen.

Später, er hatte noch zwei Wundkontrollen bei kürzlich Operierten durchzuführen, läutete das Telefon wieder. Es war De Villas Freundin.

«Il est mort», sagte die Stimme schluchzend und verzweifelt.

«Ich weiss, es tut mir sehr leid», sagte Dr. von Wyl. Die wiederum knackende Telefonleitung deutete darauf hin, dass Schwester Ursina mithörte.

«Il est innocent, n'est-ce pas?»

«Oui, vraiment, madame.» Dr. von Wyl fiel es schwer, die richtigen Worte auf Französisch zu finden. Auch drängte die Zeit. Aber hatte er nicht einmal etwas anderes gesagt?

«Il est innocent?»

«Oui», antwortete Dr. von Wyl mit unsicherer Stimme. «Je veux faire mes condoléances.»

Unbeteiligt hörte er der Stimme zu, die sprach und sprach, während er sich überlegte, welches Beweismaterial ihm noch zur Verfügung stehen würde. Vergeblich suchte er in seiner Hosentasche nach dem Pflaster und, das war ihm ein wirkliches Ärgernis, nach Angelas Polaroidfoto. Sie befand sich in der an den Stössen nassen Hose zuhause, und die Hose hing über der Stuhllehne in seinem Zimmer. Ich muss Vivienne erreichen, dachte er, während Frau De Villa endlos weiter erzählte, und er kein Wort verstand.

Er wusste, dass jede Minute zählte, dass er Viviennes Hilfe und vielleicht sogar ihre Pistole brauchte ...

Die nächsten Patienten kamen. Vielleicht wollten sie den Mann von der Titelseite der Zeitung noch vor dessen Verhaftung sehen.

Als eine alte Frau weisse Rosen als Geschenk brachte – Dr. von Wyl hatte ihre Ohren vor zwei Tagen mit Erfolg gespült –, war er erfreut und gerührt. Doch gleichzeitig wurde er an Angelas Sarg erinnert, an ihre blauen Augen und wieder wechselte seine Stimmung: Er war verzweifelt.

Es war wie verhext: Gerade in diesem Moment wurde er sofort notfallmässig in die Engi gerufen: Ein Mädchen sterbe, hiess es. Nicht schon wieder! dachte Dr. von Wyl und eilte davon.

Der Schnee auf der Strasse war geschmolzen. Vor der Fernsicht standen mehrere grosse, blaue Autos mit der Aufschrift: *Regionalfernsehen*. Dicke schwarze Kabel, die über die Strasse hingen, verbanden das Postamt mit der Fernsicht. Dr. von Wyl fuhr schnell aus dem Dorf hinaus. In ungefähr hundert Meter Abstand folgte ihm ein weisses, kleines Auto. Es war gegen halb zwölf Uhr; die Sonne schien matt von einem grauen Himmel. Das Schneelicht blendete ihn, so dass er, um seine Augen zu schützen, Viviennes Sonnenbrille aufsetzte. Wiederholt versuchte er mit dem Handy Vivienne zu erreichen: Hier spricht der Anrufbeantworter von Schorsch und Vivienne Zünd. Wir sind nicht zuhause. Bitte hinterlasst nach dem Piepston eine Nachricht, wir rufen gleich zurück. Tschüss.

«Vivienne, sono io. Aiuto!» Mehr sagte Dr. von Wyl nicht;

erstens wollte er sich selbst nicht verraten – deswegen sprach er italienisch, eine ihm kindisch vorkommende Idee! – und zweitens hasste er es, auf Aufnahmegeräte zu sprechen.

Der Weg war weit und in der Höhe lag der Schnee braun und matschig auf der Strasse, was das schnelle Fahren gefährlich machte. Unbeirrt folgte ihm das weisse Auto in grossem Abstand.

«So holt mich doch, so verhaftet mich», sprach Dr. von Wyl laut, «wenn es euch gefällt, so nehmt mich mit! Es ist genug!»

Abseits und einsam, am Ende der Strasse, lag das Haus. «Fiat lux» las Dr. von Wyl über dem Einfahrtstor. Er war richtig. Nimmt mich nur wunder, ob die mich auch empfangen. Das Ende der Welt, dachte Dr. von Wyl und schauderte. Tannenwälder reichten bis zu den einzeln stehenden Häusern in der lang gestreckten Mulde. Dr. von Wyl liess Handy und Sonnenbrille im Auto.

Vor dem mehrstöckigen Holzhaus wurde Dr. von Wyl von einem jüngeren Mann mit Bart, der einen schwarzen Anzug trug, erwartet, und nicht unfreundlich begrüsst.

«Danke, dass Sie kommen», sagte der Mann und führte ihn durch eine enge Stiege in den zweiten Stock des Hauses in eine kleine Schlafkammer. Hier standen um eine am Boden liegende Matratze versammelt drei jüngere Frauen. Alle trugen sie dunkle, lange Röcke, dunkle, gestrickte Wolljacken und alle hatten sie die Haare zu Zöpfen geflochten und beteten laut. Auf der Matratze, zugedeckt mit einem Fell, lag ein Mädchen von ungefähr fünfzehn Jahren. Es schwitzte, hatte gerötete Wangen und Schweiss stand auf seiner Stirne. Es war bis zum Hals zugedeckt. Als Dr. von Wyl die Decke heftig vom Körper des Mädchens wegriss, fiel ihm eine der Frauen in die Arme.

«Halt, halt», schrie sie.

«Ich bin Arzt, ich muss das Mädchen untersuchen. Lassen Sie mich!» Dr. von Wyl hasste es, in seiner Arbeit gestört zu werden: Wenn sie ihn schon holten, mussten sie ihn auch gewähren lassen.

«Warum wird sie denn um Gottes willen» – Dr. von Wyl war sich sofort seiner unpassenden Wortwahl bewusst und dämpfte die Stimme – «zugedeckt wie am Nordpol?», fragte er wütend. Keine der Frauen antwortete, sie schwiegen fast schuldbewusst. Dr. von Wyl konnte, aus dem kleinen Fenster der Kammer schauend, beobachten, dass das weisse Auto hinter einem Nachbarhaus abgestellt worden war. Sollen sie warten, ich habe Zeit, dachte er.

Das Mädchen, es hatte einen starren Blick und schien abwesend, gab auf die Frage nach seinem Namen keine Antwort. Die weit aufgerissenen Augen schauten über Dr. von Wyls Kopf hinweg in eine endlose Ferne.

«Nein», sagte es, «ich bins nicht, weg da, weg, bitte, nein...»

Es halluzinierte. Unvermittelt wurde es von Würgereizen gepackt. Dr. von Wyl rief nach einem Becken, nach frischem, kaltem Wasser und lauwarmem Trinkwasser, einem Tuch zum Abreiben, einem Trinkbecher und Kochsalz. Er gab dem Mädchen – er hatte sich auf die Matratze gesetzt und stützte dessen schweissnassen Rücken von hinten – Salzwasser zu trinken. Bald danach erbrach sich das Mächen heftig, was die Frauen zu Wehklagen veranlasste.

«Ruhe!», schrie Dr. von Wyl. Für Augenblicke fühlte er sich stark. Er hatte sofort erkannt, dass es sich um eine Vergiftung handelte. Erst als der Brechreiz schwächer und der grüne Mageninhalt ausgespuckt war, konnte Dr. von Wyl das Mädchen untersuchen. Der Puls raste, der Blutdruck war hoch, die Pupillen tellerweit. Dr. von Wyl wartete. Wiederholt gab er dem Mädchen zu trinken.

Er stand am Fenster. Man hatte ihn in der Kammer allein gelassen. Das weisse Auto stand noch immer hinter dem Haus. Von seinem Standort aus konnte Dr. von Wyl nicht erkennen, ob sich jemand darin befand. Langsam beruhigte sich das Mädchen und erinnerte sich endlich seines Namens – Rahel – und daran, dass es Tee getrunken hatte. Es hatte wässrig-blaue Augen. Und wieder gingen Dr. von Wyls Gedanken zu Angela und ihrer Augenfarbe, die ihn an einen Bergsee erinnerte.

«Wo ist der Tee?», rief Dr. von Wyl laut und unfreundlich.

Über dem einfachen Holzofenherd in der Küche sah Dr. von Wyl gedörrte Teeblätter hängen. Er kannte die Blätter aus Schwester Ursinas Buch.

«Bilsenkraut», sagte Dr. von Wyl und war stolz auf seine Eingebung und hoffte, dass die Leute ihm nun Vertrauen schenken würden; das konnte dem Mädchen nur zugute kommen. Er ging zum Mädchen zurück, das unruhig auf der Matratze lag. Zum Glück hatte nur das Kind von diesem Tee getrunken.

«Mir schwindelts», hauchte es.

Jetzt konnte Dr. von Wyl sein Gesicht erst richtig sehen. Es hatte eine Stupsnase und viele Märzenflecken. Seine Haare waren blond und lang. Von Ferne glich es Angela … War Angela, wie Rahel, mit Atropin in Schlaf versetzt worden?, durchzuckte es Dr. von Wyls Kopf.

«Eine Atropinvergiftung», sagte er laut. «Zur Sicherheit spritze ich eine halbe Ampulle Valium in die rechte Armvene.» Er gab den Frauen Ratschläge für die weitere Überwachung des Kindes. Eine Spitaleinweisung hätten sie, so war er überzeugt, abgelehnt.

«Und den Hexentee», befahl er, «schmeissen Sie augenblicklich weg! Von wem haben Sie den?»

Niemand antwortete, aber man gehorchte aufs Wort. Der Mann, der ihn empfangen hatte, stand unter der Türe, er trug ein Waschbecken, damit sich Dr. von Wyl die Hände waschen konnte.

«Vielen Dank, das tut gut!»

Ausgiebig wusch er sich Hände und Unterarme. Es war merkwürdig, aber hier im Haus bei diesen fremden Leuten fühlte er sich sicher.

«Ich bleibe noch mindestens eine halbe Stunde», sagte er, «ich muss warten, bis die Spritze wirkt; ich will sicher sein, dass alles in Ordnung kommt.»

Die Zeit, dessen war er sich bewusst, lief ihm davon. Die Frauen hatten sich in die Küche zurückgezogen, die Erleichterung war ihren Gesichtern deutlich anzusehen.

«Kommt es wieder gut?», fragte der Mann in seinem Rücken schüchtern.

«Sicher», antwortete Dr. von Wyl. «Von wem kommt der Tee?»

«Von einer Bekannten», sagte der Mann und lächelte vieldeutig. «Man verrät keine Freunde, nicht wahr.»

Dr. von Wyl schwieg. Er sass, unbequem genug, auf der Matratze neben dem schlafenden Mädchen. Puls und Blutdruck hatten sich normalisiert. Dr. von Wyls Gedanken hüpften von Angela zur Atropinvergiftung, vom Hexentee zu Schwester Ursina, vom Nachtschattengewächs zum weissen Auto, vom Bilsenkraut zu Angela, von Rahel zu Angela und zur blauen Augenfarbe. Das Fresko in der italienischen Kirche!, genau, das wars!, der musizierende Engel schwebte in eben dieser blauen Farbe. Aller Gedanken Anfang und Ende war Angela. Doch es wollte sich, wie immer in den letzten

Tagen, kein Sinn ergeben. Hing alles zusammen? Oder war alles nur Zufall?

Als er Motorengeräusche hörte, schoss Dr. von Wyl von der Matratze auf: Das weisse Auto startete laut den Motor und fuhr schnell in Richtung Dorf davon. Verzerrte Krähenschatten flogen über das Schneefeld. Jetzt konnte auch er endlich gehen.

Am Waldrand stellte Dr. von Wyl das Auto auf einen versteckt liegenden, schneefreien Kehrplatz. Hier wartete er. Hell schien die Sonne von einem aufgeklarten Himmel. Motorengeräusch eines tief fliegenden Flugzeugs schreckte ihn auf. Sie werden mich suchen oder überwachen, dachte er. Selten fuhr ein Auto vorbei. Dann spritzte brauner Schneematsch zur Seite. Dr. von Wyl wusste nicht, was er hier wollte.

Um sich vor wem auch immer zu schützen, setzte er Viviennes Sonnenbrille auf. So, hoffte er, erkennt mich niemand!

Auf der gegenüberliegenden Waldflanke, hinter hochstämmigen Tannen, befand sich der Obere Bühl. Er war weit entfernt von Angelas Todesort. Er konnte sich von ihrem Anblick, ihrem geschlossenen Mund im Konzert, ihren halb geschlossenen Augen im Wald, ihren toten Körper im Sarg hinter der Heizung und der Zahl 2637 nicht lösen, und ihr Begräbnis, die weissen Rosen und die Totengräber von heute Morgen nicht vergessen.

Es war vierzehn Uhr null-null auf der elektronischen Autouhr und Dr. von Wyl stellte das Radio ein. Längst hätte er in der Praxis sein sollen. Die Patienten warteten auf ihn – sicher ungeduldig, verärgert, vorwurfsvoll. Er wusste nicht mehr weiter, irgendetwas hielt ihn hier zurück.

Er hörte die Regionalnachrichten: Die auf heute Abend

punkt zwanzig Uhr von der zuständigen Polizeibehörde einberufene Pressekonferenz zum Mordfall – Mordfall!, dachte Dr. von Wyl und sein Herz schlug unregelmässig, Mordfall! – Angela S. im Restaurant Fernsicht verspricht brisant – brisant wiederholte Dr. von Wyl laut und mit Ekel – zu werden und für Zündstoff zu sorgen. Laut neuesten Ermittlungen wird ein der Tat dringend Verdächtiger einvernommen. Das Mobiltelefon summte leise. Dr. von Wyl stellte das Radio ab.

«Ja-a-a», antwortete er gedehnt – er dachte an das Wort Zündstoff, lächelte und vermied es, seinen Namen zu nennen.

«Bist dus, Ricci?» Viviennes Stimme. Dr. von Wyl fühlte sich erleichtert.

«Komm ja nicht, il cane, ancora, tutto controllato.» Vivienne sprach mit ausgeprägt deutschem Akzent italienisch.

«Was?»

«Aber dir spinnts ja auch mit Angela in der Hosentasche herumzuspazieren.»

«Mein Gott, auch das noch. Vivienne, jetzt hör einmal zu!»

«Nicht so laut, die überwachen doch alles, der Strick um deinen Hals wird enger und enger, merkst du denn gar nichts?»

«Ich habs nicht getan, so glaub mir doch!»

«Und das Pflaster? Eh? Die haben alles gefunden. Eben ist die Hunziker weggegangen. Was für ein Stück Frau, mein Gott, chapeau!»

«Nun höre doch bitte einmal zu!»

Vivienne wirkte verunsichert, sie schien ihm nicht mehr zu glauben. Und wie sollte Dr. von Wyl am Telefon, das sicher abgehört wurde, alles erklären? Wie ihr sagen, dass Schorsch, ihr Ehemann, sein Freund und beliebter Landarzt – gemäss Dr. von Wyls eigenen Überzeugungen, Abklärungen und

Tatbeweisen – als möglicher Täter in Frage käme? Das wäre für Vivienne – und fürs ganze Dorf – unfassbar. Also liess er es besser bleiben. Auch fehlte ihm die Energie, um mittels kluger Beweisführung Vivienne nicht nur von seiner Unschuld, sondern, was noch viel schwieriger sein würde, vor allem von Schorschs Schuld – was indirekt wiederum seine eigene Unschuld beweisen würde – zu überzeugen. Er spürte eine totale Leere.

«Bist du noch da? Wo bist du denn?», fragte Vivienne.
«Im Wald unterhalb der Engi.»
«Wo bitte?»
«Fiat lux.»
«Dir spinnts doch komplett! Oh Mann, oh god, oh cool! Du hängst im luftleeren Raum, mein Lieber, hast dus endlich kapiert, gecheckt, geschnallt? Was willst du noch? Du hast die Behörden an der Nase herumgeführt. Falschaussage. Verstehst du denn gar nichts? Dir steht das Wasser am Hals. Morgen ist es für alles zu spät, tempi passati, aus, Schluss. Dann siehst du die Welt durch Gitterstäbe.»

Sie ist, dachte Dr. von Wyl, nicht manisch, nicht depressiv, sondern hysterisch. Vivienne empörte sich, dass er sich in dieser schwierigen Situation, die ihn alles, vielleicht sogar das Leben kosten konnte, mit den Mitgliedern einer verrufenen Sekte herumschlug.

«Er hat angerufen!», Vivienne flüsterte.
«Wer?» Dr. von Wyls Stimme überschlug sich.
«Mein Mann, oder wenn du lieber willst: Herr Dr. George Zünd!»
«Aus Leipzig?»
«Wie soll ich das wissen? Ich nehm es an! Und deine süsse Sara hat auch angerufen!»
«Sara!» Dr. von Wyl kam die Erwähnung des Namens sei-

ner Freundin wie ein Geschenk des Himmels vor. «Sara, Sara? Sara Simeoni?»

«Ja, mein Süsser, Sara, deine kleine Sara, wenns beliebt. Sie erwartet dich in der Ankunftshalle heute Nacht. Der letzte Zug fährt einiges vor elf, weisst du, ich habs ihr gesagt, dass es knapp werden könnte. Sonst weiss sie von nichts, ist ja besser, oder?»

«Knapp ist gut!»

Dr. von Wyl schwitzte. Wenn ich heute Sara noch umarme, schwor er, werde ich zusammen mit Sara zu meinem musizierenden Engel nach Italien fahren. Das war sein drittes Versprechen! Langsam und offenbar nach einem Auto Ausschau haltend fuhr ein Streifenwagen vorbei. Die suchen mich tatsächlich, dachte Dr. von Wyl. Er hatte, ein seltenes Ereignis in seinem Leben, Angst.

«Il cane verso sette arriva.» Das war Viviennes Italienisch.

«Ich komme so früh als möglich», antworte Dr. von Wyl leise. Er war in seinem Autositz weit nach unten gerutscht, denn er hatte für einen Moment die Vorstellung, er könnte für Scharfschützen der Polizei ein gutes Ziel abgeben.

«Die haben alle Beweise zusammen, incredibile quella canina», stotterte Vivienne.

«Sprich nur deutsch», sagte Dr. von Wyl, der, wie so oft in ausweglosen Situationen, schnell verzweifelte und die Sinnlosigkeit allen Tuns spürte. «Was solls, sollen die mich holen, mich mitnehmen, mir ists eh egal», sagte er leise.

«Ich bring dir die Pistole, die kannst du jetzt brauchen.»

«Vivienne, Vivienne, ganz ruhig. Wir sind nicht im Kino!»

«Du bist aber eine schwache Nummer, was für ein elendiglicher Scheisssofty. Heh, Ricci, wir kämpfen doch, wir geben nicht so schnell auf, mein grosser Süsser.»

«Du bist gut, deine Energie möchte ich haben. Gib das Schiesseisen» – Dr. von Wyl gebrauchte absichtlich ein veraltetes Wort – «deinem Geliebten, der hats wirklich nötig.»

«Jetzt tu nicht schon wieder so schwach. Wir haben die Pistole – und du hast deinen Kopf: Setze dich durch, beweise, dass du nichts mit alldem zu tun hast und überführe den Täter, dann bist du gerettet. Sara, la tua bella Sara, la dolce, wartet auf deine Umarmung.»

«Ich komme, so bald ich kann, ich habe dir vieles zu berichten. Übrigens hilft mir deine Sonnenbrille, vielen Dank, das Lid zuckt nicht mehr.»

«Du bist ein komischer Kerl: Während dein Urteil gefällt wird, denkst du an dein Augenlid. Behalte deine Pfeile im Köcher, in der Fernsicht, mein Lieber, ja, dort wirds heiss, da kannst du sie gebrauchen, genau ins Ziel musst du treffen, dort musst du Kopf und Kragen retten.»

«Wann?»

«Um acht Uhr wissen wir mehr: Alles wird aus der Fernsicht direkt übertragen», sagte Vivienne.

«Nur der Himmel kann mir helfen», brummelte er ins Telefon. Vivienne aber hatte nichts mehr gehört, die Leitung war unterbrochen.

«Bis später», sagte Dr. von Wyl ins Leere. Er glaubte zwar selber nicht mehr an ein Später. Die Dinge nahmen ihren Lauf, und er war nicht mehr in der Lage, ihnen eine andere Wendung zu geben, das spürte er deutlich. Warum ihm immer wieder das Pendel der Standuhr in der Praxis einfiel, verstand er nicht. Mit lautem Zählen bis fünfzig und zurück versuchte er seine Nerven zu beruhigen. Dann fuhr er langsam in Richtung Dorf. Niemand folgte ihm.

Auf Umwegen hatte er die Praxis erreicht. Fernsicht, Kirche, Friedhof, Schule: alles hatte er umfahren.

Die Türe zur Praxis war offen. Es war 14 Uhr und 33 Minuten.

Es roch nach Rauch in den Praxisräumen.

Herr Serafini, ein Italiener mit Verbrühungen an den Händen, stand artig auf, als Dr. von Wyl eintrat. Und Frau Akiki, eine Person mit gewaltigen Hüften, aus Mazedonien stammend, wartete bei der hinteren Türe: Sie wolle das Wasser wegen einer Blasenentzündung untersuchen lassen. Und gleich neben der Türe zum Sprechzimmer sassen Herr und Frau Amico, liebe Leute, er kannte sie bereits, wegen Blutdruckproblemen. Sie lobten Dr. von Wyl überschwenglich wegen der guten, neuen Medikamente. Es war ein Lob, das ihm schmeichelte, gleichzeitig kam es ihm vor wie ein Trost oder Zuspruch vor der Hinrichtung.

Die Türe zur Praxis war unverschlossen. Wo war Schwester Ursina?

«Schwester Ursina!», rief Dr. von Wyl laut. Keine Antwort. Die Patienten lachten, vielleicht ahnten sie den Grund für Ursinas Abwesenheit.

«Ab durch die Mitte», sagte Dr. von Wyl und, irritiert vom Rauch in den Praxisräumen, öffnete er die Fenster, bevor er den weissen Mantel anzog. Automatisch suchten die Finger seiner rechten Hand die Ampullenschachtel in der Manteltasche: Sie fehlte. Dr. von Wyl wurde rot im Gesicht.

«Jetzt», flüsterte er, ist alles verloren. Doch er hatte keine Zeit nachzudenken. Die Patienten benötigten seine Hilfe und dafür war er da. Immerhin waren es Leute, die ihm gut gesinnt waren und keine Vorurteile gegen ihn hegten.

Als Dr. von Wyl die ersten Patienten abgeklärt, den Urin untersucht und die passenden Medikamente aus dem Schrank geholt hatte, sah er Lehrer Amberg in das Wartezimmer eintreten. Nein, auch das noch!, dachte Dr. von Wyl. Ihm mangelte nun wirklich die Kraft, um sich über Russisches zu unterhalten.

Noch immer fehlte Schwester Ursina. Wundverbände überwachen, Hämoglobinkontrollen, Gipswechsel: Alles erledigte Dr. von Wyl allein.

Als Amberg an die Reihe kam, ging er mit kleinen Schritten und zögernd zum Patientenstuhl. Seine Fellmütze hatte er nicht abgelegt, auch trug er seinen dicken Mantel mit dem Kaninchenfell an den Armstössen.

«Der Ausgang schmerzt», sagte Amberg mit weinerlicher Stimme.

«Bitte?», fragte Dr. von Wyl, «Aus- oder Eingang? Wie meinen Sie das?»

«Sind Sie nicht so streng zu mir, Riccardo!»

Natürlich, sie waren ja per Du. Dr. von Wyl vermied es geflissentlich, sein Gegenüber mit Piotr anzusprechen.

Als der Lehrer sich auszog, die langen Nackenhaare mit den Fingern kämmte, berichtete er von der Schaumparty, die gerade im alten, grossen Stall der Kooperationsstiftung im Gange war.

«Da musst du hin, du kannst es dir nicht vorstellen, wie ausgelassen die Jugend hier auf dem Land sein kann. Ein schöner Anblick, diese jugendlichen Körper in diesen Hip-Hop-Verrenkungen.»

«Ehrlich gesagt, mir reichts ohne Verrenkungen», gab Dr. von Wyl zur Antwort und führte seine Untersuchung weiter. «Ja, da sind knollengrosse Wucherungen, eine muss ich dir aufstechen. Nichts dagegen?»

Dr. von Wyl holte entsprechendes Material, um die Thrombose zu eröffnen. Amberg jammerte laut, als er zum

Stich ansetzte. Mächtig viel Blut tropfte aus dem Hintern des Lehrers in die Nierenschale auf dem Boden.

«So, das hätten wir. Noch eine dicke Watte hinein, so.»

«Vielen Dank. Der Schmerz ist wie weggeblasen, du bist ein guter Doktor.»

Beide schwiegen. Dr. von Wyl räumte das Untersuchungszimmer auf.

«Ja», sagte Amberg beim Ankleiden, «was ich noch sagen wollte, jeder ist halt sich selbst der Nächste, nicht wahr, jeder rettet seine eigene Haut. Sauf qui peut la vie! In deiner Haut möchte ich nicht stecken. Ich kann dir nicht helfen, tut mir leid, ich weiss nichts Genaueres, ich kann diese Geschichten nicht glauben, das kann ich dir versichern, nur nützt es dir nichts.»

Dr. von Wyl antwortete nicht. Er war so müde, dass es ihm gleichgültig geworden war, was man über ihn dachte oder erzählte.

Amberg lächelte.

«Ich habe eine Idee», sagte er, «hör nur zu! Du bist Arzt, du erlebst Schreckliches, und das Schlimmste kommt erst noch. Schreibe doch alles auf! Das glaubt dir niemand, obwohl nichts erfunden ist. Unglaublich, oder nicht? Das hat Turgenjew gemacht, genau das. Du könntest die ‹Aufzeichnungen eines Arztes› herausgeben, nicht wahr?» Amberg lachte laut. «Turgenjew, den wirst du ja kennen, wurde mit seinen ‹Aufzeichnungen eines Jägers› weltberühmt.»

«Mir reicht es schon so, nein, es ist mir eigentlich schon zu viel, hier berühmt zu sein! Und ‹Aufzeichnungen eines Gejagten› wäre besser.»

«Weisst du», sagte Amberg und zog sich den langen Ledermantel wieder an, «nur ein kleiner Hinweis für den Nachhauseweg: Hier, unter diesen Leuten wie überall, und leider auch in Russland, gibt es Päderasten, wahrhaftig, ich sage es dir; und nicht bei den kleinen Leuten musst du suchen, oh nein, die können sich das gar nicht erlauben, bei den Oberen, bei denen ganz weit oben, da kann man sich nur wundern.»

Eine Denunziation, dachte Dr. von Wyl, er wird den Pfarrer im Visier haben, doch was solls: Denunzianten habe ich noch nie gemocht.

«Bad Frankenhausen», sagte Amberg, «war halt für die hoch geschätzten Akademiker zu viel. Ha, wenn die mich nochmals fragt, diese Kommissarin, ich sags noch einmal: Der von Wyl, was soll der mit so einer halben Portion? Der hat doch das nicht nötig. Aber die hat den Narren an dir gefressen, glaubs mir, die meints nicht gut. Da wäre der Zünd doch viel einleuchtender: Angela hier, Angela da – grässlich diese Verliebtheit, aber der ist immer über alles erhaben.»

Während der Verabschiedung läutete das Praxistelefon: Im Tanzschuppen sei jemand kollabiert. Dr. von Wyl war nicht unglücklich, die Praxis, wie er hoffte, für immer verlassen zu können. Wie viele Schwierigkeiten hatte er hier doch erlebt!

Dr. von Wyl räumte die Praxis auf, ordnete seinen Notfallkoffer, ersetzte fehlendes Spritzenmaterial, machte die letzten Einträge in die Krankengeschichten, löschte überall das Licht und verschloss die Türe. Die Pendeluhr zeigte fünf Minuten vor fünf Uhr. Dr. von Wyl schwor sich, nicht mehr, nein: nie mehr, in dieses Haus, ja: an diesen Ort, zurückzukehren.

Die Disco-Fete fand ausserhalb des Dorfes statt. Wegweiser wiesen den Weg zur Schaumparty. Mit dem Koffer in der Hand ging Dr. von Wyl durch einen kalten Abend. Sterne zeigten sich vereinzelt am Himmel, und im Westen ging der Mond als halb volle Schale auf. Was mich heute noch alles erwarten wird?, fragte er sich und sah in eine mondglänzende, weisse, weite Landschaft hinaus.

So schnell vergessen die Leute, überlegte sich Dr. von Wyl: Noch vor wenigen Tagen waren alle am Begräbnis und heute amüsieren sie sich beim Tanz. Es wird wohl besser sein, dass es so ist, dachte er, sonst wäre dieses Leben ja kaum auszuhalten. Ein Mann folgte ihm – im Abstand von rund hundert Metern. Dr. von Wyl schaute sich nicht um, aber er spürte, dass er bei allem, was er tat, beobachtet wurde. Sollen sie mich doch überwachen! Was ich für die Lebenden mache, dachte er, und es erfüllte ihn mit Stolz, mache ich gut und basta.

Dumpf dröhnende, ohrenbetäubend laute Bässe, peitschende Rhythmen, elektronisches Brummen, Geschrei und Gekreisch kamen ihm entgegen. Jugend, selbstvergessen in leuchtend grellen rot-blau-gelben Farben und hektisch sich wiegend, gebärdete sich wie toll.

Herr Goll, der bärenstarke Schulabwart, führte ihn grusslos in einen Nebenraum des umgebauten Stalles. Als Dr. von Wyl an der Eingangstüre vorbeiging, konnte er einen Blick ins Innere des Stalls werfen. Hinter Dampf und Rauch versteckt sah er erhitzte Körper, Mädchen und Knaben, die, jedes und jeder für sich, wiederholt in die Luft sprangen und mit den Armen wild um sich schlugen, die Beine und Rücken zu schreiender Musik verrenkten. Ein Discjockey grölte auf Englisch die nächsten Titel in den Raum. Es war Dr. von Wyl klar, dass hier gehascht, gesnifft und gekokst wurde. Der Lärmpegel war so hoch, dass sich ein Taubheitsgefühl einstellte. Für Augenblicke fühlte er sich in dieser aus den Fugen geratenen Welt nicht fremd …

Das Mädchen – wieder ein Mädchen, was ist nur los?, dachte Dr. von Wyl – lag in einem kleinen Raum. Es hatte kurze schwarze, schweissnasse Haare, ihre Augen waren starr und die Pupillen weit. Es trug ein enges Träger-T-Shirt und enge, ausgefranste, zerschnittene Blue Jeans, deren oberster Knopf offen war. Die nackten Füsse waren schmutzig. Das Mädchen, so konnte Dr. von Wyl sofort erkennen, litt unter Durst, denn seine Mund- und Rachenschleimhaut war ausgetrocknet. Es war noch ansprechbar, redete aber undeutlich. Seine Gesichtshaut war glühend rot. Die Eltern waren ortsabwesend und konnten deshalb nicht herbeigerufen werden.

«Ecstasy?», wollte Dr. von Wyl wissen und betastete den Kinnmuskel des Mädchens, der typischerweise bei dieser Vergiftung verhärtet und verkrampft war. Das Mädchen nickte schwach. Mittels löffelweiser Zufuhr von kaltem Wasser in den nur mit Mühe zu öffnenden Mund konnte er den Durst des Mädchens lindern. Dr. von Wyl stellte fest, dass die Körpertemperatur des Mädchens erhöht war, weswegen er das Kind eigenhändig durch den Tanzsaal zur hinteren, offen stehenden Türe schleppte. Das war ein Aufsehen erregender Transport mitten durch die Spot-Lights und die wogende Menge hindurch. Draussen kam das Mädchen mit Hilfe seiner Freundinnen langsam wieder zum Bewusstsein.

Dr. von Wyl kontrollierte wiederholt den Puls, während im Innern des ehemaligen Stalls Nebel vom Boden aufstieg und die gellend kreischenden Tänzer verhüllte. *Ist das*, fragte sich Dr. von Wyl, *nun die Schaumparty?*

«Alle meine Kinder», rief eine hohe, säuselnde Stimme in Dr. von Wyls Nähe. Pfarrer Läubli, wieder oder noch immer in roten Strümpfen, kam auf Dr. von Wyl zu und sein Gesicht strahlte. Schweisstropfen hingen in seinem Knebelbarthaaren. Erst jetzt konnte Dr. von Wyl erkennen, dass die Wangenhaut des Pfarrers zuckte: Genau wie, seit langem zum ersten Mal, sein eigenes Augenlid.

Dr. von Wyl liess sich von seiner Arbeit nicht ablenken. Und der Pfarrer, eigentlich unglaublich so kurz nach Angelas Tod, konnte sich vom Anblick der tanzenden Jugend nicht lösen. In dieses Kreischen, Schieben und Wogen hinein hörte Dr. von Wyl den Pfarrer – glücklich wohl! – rezitieren: «Vollendet ist das grosse Werk, der Schöpfer siehts und freuet sich, des Herren Ruhm er bleibt in Ewigkeit ...» Die Schöpfung, dachte Dr. von Wyl, und er hatte für Momente Mühe, sich zu orientieren. «Wo bin ich?», fragte er leise. Und seine Gedanken gingen zu Angela zurück, zum umbrischen Maler, zum singenden Pfarrer und seinem Kinderchor. Das Bild, überlegte er sich am Boden neben dem Mädchen kniend, muss in einem hohen, gewölbten Kirchenchor hängen. Da war der Zusammenhang endlich greifbar: Pfarrer, Kinder, Chor, Raum, Mädchen.

«Kleine, weiss-rosa Scheisspillen», jammerte das Mädchen und beklagte seinen Zustand.

«Schon gut», sagte Dr. von Wyl besänftigend. Er wartete, denn er wollte sicher sein, dass sich das Mädchen erholte. Doch je schneller die Zeit voranschritt, desto verzweifelter wurde er. Es gibt, dachte er, keine Rettung für mich.

Die Farbigkeit im weiten, mit Girlanden geschmückten Saal liess ihn für einen Moment an eine überirdische Macht denken. Ja, sagte er zu sich – der Pfarrer hatte sich wieder unter die jungen Leute gemischt –, wenn ich mein Ziel (den Ort noch heute zu verlassen) erreiche, dann werde ich wie Pfarrer Läubli singen, das schwöre ich dieser Welt.

Und diese Welt lag in eben diesem Augenblick in einem unnatürlichen Mondglanz, dass einem Sehen und Hören vergingen.

Als das Mädchen wieder auf den eigenen Beinen stehen konnte, die Steh- und Gehunsicherheit gewichen waren, es nicht mehr von längst Vergangenem – schaut, hier ist eine Pferdetränke! – und nicht mehr vom noch nicht Gekommenem – he, was machen meine Kinder? – berichtete, machte sich Dr. von Wyl auf den Weg nach Hause, vorbei an stumm auf ihre Kinder wartenden Eltern, und vorbei an Alwa, Rothen, Reisiger, Goll, Amberg, Ahle.

Die Helligkeit der Mondnacht, die funkelnden Sterne und der glitzernde Schnee blendeten, und Dr. von Wyls Lid zuckte. Zu dieser Stunde allerdings konnte er Viviennes Sonnenbrille nicht mehr anziehen, das wäre zu auffällig gewesen. Dr. von Wyl hatte genug. Er war müde und sein Wunsch, noch heute zu Sara nach Hause zurückzukehren, schien ihm unerfüllbar und unsinnig.

Als er den Weg durch das Oberdorf wählte – bewusst die Fernsicht meidend –, spürte er, ohne jemanden zu sehen, dass ihm ein Mann folgte. Er näherte sich der Praxis an jenem Haus vorbei, in welchem er vor einigen Tagen nachts Ursinas Gesicht am Fenster gesehen hatte. Alles war dunkel. Direkt hinter sich hörte er schnelle Schritte sich nähern.

«He, du!», sprach ihn eine Stimme an. Dr. von Wyl zuckte zusammen. Jetzt holen sie mich, war sein erster Gedanke, jetzt kommen sie! Er zwang sich, anzuhalten und sich umzudrehen.

«Mein Gott», sagte Dr. von Wyl: «Schorsch! Wie hast du mich erschreckt. Was machst du da mitten im Dunkeln!»

Etwas verlegen umarmten sich die beiden Männer mit zur Seite gedrehten Köpfen.

«Ein schlechtes Gewissen?», fragte Dr. Zünd mit unsicherer Stimme.

«Ich habe keins, warum?»

Dr. Zünds Augen lagen in tiefen Höhlen und seine Hängebacken schienen noch an Grösse gewonnen zu haben. Er trug, so kam es Dr. von Wyl vor, die gleiche Kleidung wie bei seiner Wegfahrt: eine ausgebeulte, braune Manchesterhose, einen grünen Rollkragenpullover und über dem Arm den Lodenmantel. Seine Hand umklammerte die Reisetasche.

Dr. von Wyl lachte und zog sich, gestärkt durch seines Freundes vorzeitige, unerwartete Heimkehr, die Sonnenbrille an. Er war guter Dinge, vielleicht könnte er es jetzt wirklich noch schaffen, heute wegzufahren, und vielleicht konnte ihm jetzt nichts mehr passieren!

«Pass auf», sagte Dr. Zünd, «mit dieser Brille siehst du tatsächlich wie ein Verbrecher aus!» Dr. von Wyl zog die Sonnenbrille wieder ab. Ja, Schorsch hatte recht, es gab keinen Grund zum Spassen.

«Du weisst es also schon?», fragte Dr. von Wyl überrascht.

«Die Spatzen pfeifens von den Dächern.»

«Auch in Leipzig?»

«Ach, weisst du, Leipzig ist nicht so weit weg, wie du glaubst, nicht wahr, da gibt es so Kanäle. Ich bin früher gekommen, der gestrige Tag war für mich als aktives Komiteemitglied mit all den Seminarien und Kolloquien zu anstrengend, da bin ich gleich heute Morgen früh gereist.»

Das stimmt nicht, dachte Dr. von Wyl, er lügt mich an. Aber das ist doch nicht möglich, da steht er vor mir und lügt. Dr. von Wyl wusste nicht mehr, wohin mit seinen Augen, das Lid zuckte, die Augen tränten. War das die Möglichkeit? Hatte sein Freund ihn, Riccardo von Wyl, gnadenlos verraten, ausgebeutet, ausgenutzt, um ungeschoren über die Runden zu kommen? Das war schlimmster Verrat!

Sie waren langsam stumm weitergegangen und hatten

automatisch den Weg nach Hause eingeschlagen. Dr. von Wyl suchte vergeblich nach dem Pflaster in seiner Hosentasche, nach der Ampullenschachtel, nach Angelas Polaroidfoto.

«Und sonst?», fragte Schorsch.

«Viel Arbeit, in der Praxis ist alles gut gegangen. Die Krankengeschichten liegen auf dem Schreibtisch, alle Einträge sind nachgeführt. Mehr gibts nicht zu sagen.» Dr. von Wyl versank erneut in tiefes Schweigen. Sie gingen langsam, als fürchteten sie sich vor der Heimkehr. Das Schweigen von Schorsch, dachte Dr. von Wyl, ist der Beweis für seine Schuld, immense Schuld, unverzeihliche Schuld. Von der Seite betrachtet wirkte das Gesicht von Dr. Zünd übernächtigt, auch ging er gebückt, als laste ein unsichtbares Gewicht auf seinem Nacken. Er hat mich reingelegt, mich verraten, hat alles so organisiert, dass ihm nichts geschehen kann, und dass ich, schamlos benützt und zu Tode gehetzt, zum Schuldigen werde. Was für ein schlechter Mensch!, dachte Dr. von Wyl, und Wut stieg in ihm hoch. Endlich spürte er genügend Kraft, um sich zu wehren.

Es war hell, die Luft durchsichtig – ohne Schleier, ging es Dr. von Wyl durch den Kopf –, mondhell, und der Schnee knirschte. Es war kalt und Dr. von Wyl erinnerte sich an die zeitverschobene Wahrnehmung des Mädchens, das in der Disco zusammengebrochen war. Gleiches geschah jetzt ihm: Da lächelte ihn Angela aus dem Bild des umbrischen Malers an, und da fielen ihm Verse aus der Schöpfung ein – «erquickende Kühle des Abendtaus» – und da sah er sich selber wandeln im verblassenden, aber noch immer schwach strahlenden Abendrot, und da verfolgte ihn wieder das Gedicht aus Angelas Todesnacht: «Die Nacht ist tief, der Tod macht sie lichter, wie wenn ein Schleier sinkt von sämtlichen Gesichtern.»

«Wer hat Angela ermordet?», fragte Dr. von Wyl. Er wollte aufs Ganze gehen, die Schonzeit für seinen Freund war vorüber.

«Aha, eine interessante Frage! Was heisst schon Mord? Nach den gültigen Kriterien ist alles Mord, was mit einem nicht natürlich beendeten Leben zu tun hat. Das ist in Tat und Wahrheit aber nicht so einfach, oder?»

«Alles wird heute aus der Fernsicht übertragen», antwortete Dr. von Wyl schnell, und er sinnierte den Worten von Dr. Zünd nach. Was will er damit nur sagen, ich verstehs nicht, dachte er.

Sie waren bei den obersten Häusern des Dorfes angekommen und standen still. Sie vermieden, sich in die Augen zu schauen.

«Und Vivienne?», frage Dr. Zünd.

Dr. von Wyl liess sich nicht mehr ablenken. Jetzt oder nie, dachte er endlich voller Tatendrang.

«Das Motiv? Was meinst du?», fragte Dr. von Wyl.

«Was weiss ich, es interessiert mich nicht. Angela ist tot, das ist alles. Mehr gibt es nicht zu sagen. Dieses monokausale Denken Ursache–Folge–Wirkung hat doch längst ausgedient. Alles, was sein könnte, ist doch auch! Mein Freund, hör zu!, es gibt zwei Welten, eine sichtbare und ein unsichtbare, und Angela gehörte schon immer der unsichtbaren an.» Ein Satz, erinnerte sich Dr. von Wyl, den er schon einmal gehört hatte: Sprach nicht der Pfarrer von zwei Wirklichkeiten?

«Das ist mir zu hoch», meinte Dr. von Wyl. «Ich verstehe dich nicht. Da geht es um ein junges Menschenleben: Das darfst du nicht vergessen.»

«Jetzt höre gut zu», begann Dr. Zünd und stellte die Reisetasche auf eine rote, mit Schnee bedeckte Sitzbank. Unter ihnen leuchteten die Lichter des Dorfes. «Unfall ist Unfall, verstehst du, dir kann man doch gar nichts beweisen. Du musst keine Angst haben.»

«Aber Schorsch, was sagst du da, ich habe …» Dr. von Wyl rang nach Worten: «Ich habe nichts, gar nichts mit alldem zu tun.» Er schaute sich nach Hilfe um: «Schorsch, was willst du damit sagen, so hilf mir doch!» Er sah sich bereits auf der Anklagebank sitzen. «Schorsch, bitte!», flehte Dr. von Wyl.

«Dass für dich die Lage schwierig, aber nicht hoffnungslos ist, das meine ich. Du bist nicht der Schuldige, auch wenn die Kommissarin das so konstruiert, wie mir gesagt wurde.»

«Von wem?»

«Von Ursina.»

«Von Ursina, hab ichs mir doch gedacht! Du hast sie schon getroffen?»

«Am Telefon habe ich alles erfahren, von Ursina, von Vivienne.»

«Und welche Rolle spielst du? Immerhin lag Angela dir sehr am Herzen.»

«Sehr, ja, sehr», gab Dr. Zünd zur Antwort und wandte sich ab. Dr. von Wyl meinte Tränen in den Augen seines Freundes glänzen zu sehen. Vielleicht war es aber auch nur die Kälte der Novembernacht, die das Wasser in seine Augen getrieben hatte.

«Du bist doch der Mörder», sagte Dr. von Wyl und versuchte die Gesichtszüge von Dr. Zünd genau zu beobachten. Er war froh, dass er diesen Satz, der ihm nun lange genug im Kopf herumgespukt hatte, endlich losgeworden war. Aber da war nichts zu sehen, kein Zucken, kein Erröten, keine Regung, und nichts zu hören, kein Schrei, kein Seufzen, kein Schluchzen: einfach nichts.

«Ha, du bist gut; etwas verwirrt, will mir vorkommen. Schuster bleib bei deinen Leisten, du bist ein guter Doktor, gratuliere, du verstehst dein Metier, aber von Kriminalistik verstehst du nichts.»

«Wer weiss!» Mehr fiel Dr. von Wyl nicht ein. Er hatte ein Geständnis erwartet, ja, das hatte er. Und nun? Seine Argumentation fiel wie ein Kartenhaus in sich zusammen. Dem Gefühl von Verlorenheit war er ausgeliefert; beklommen spürte er sein Herz rasen.

«Weisst du», sagte Dr. Zünd, «wenn ich es dir auch sagen würde – als Arzt, als Freund, als Verbündeter – ja, genau, du hast Recht, was bist du für ein gescheiter Kerl, wenn ich sagen würde: ich bins, dann würdest du, gebunden durch das Arztgeheimnis, durch Freundschaft, durch Vertrauen, durch Kollegialität, dies nie weitersagen, ausplaudern. Du warst nie ein Verräter. Da kenne ich dich gut genug. Auf dich kann man sich verlassen wie sonst auf niemanden. Also sage ich nichts, das Ergebnis ist dasselbe. Deine Ethik und deine Moral sind, und das schätze ich an dir, intakt.»

Ohne ein weiteres Wort zu wechseln, gingen sie nach Hause. Dass Dr. Zünd von Alba angeknurrt wurde, freute Dr. von Wyl nur für einen kurzen Moment, denn die heftige und sehnsüchtige Umarmung von Vivienne und Schorsch verdross ihn augenblicklich: Auch da hatte er sich getäuscht. Dr. von Wyl schaute auf die Uhr: 18.41. Eine Zahlenfolge, die er laut und abgeändert vor sich hin sagte: 1-4-1-8. «Jetzt habe ichs», rief Dr. von Wyl, das Entstehungsjahr des Engels im Chor der umbrischen Kirche *Santi Apostoli*. Doch Vivienne und Schorsch nahmen Dr. von Wyl nicht zur Kenntnis, endlos dauerte ihre Umarmung.

Nachdem Dr. von Wyl die von Vivienne liebevoll hergerichteten, mit Aufschnitt gefüllten Brote in der Küche stehend gegessen hatte – Dr. Zünd und Vivienne hielten sich in ihrem

Schlafkammer auf –, ging er in sein Zimmer, ordnete seine Sachen, packte die Reisetasche und holte das Necessaire aus dem Bad.

Es klingelte mehrmals an der Haustüre.

«Von Wyl!», wurde laut gerufen.

Die Polizeikommissarin, wieder im hoch geschlitzten Rock und in der Lederjacke, diesmal aber mit schwarzen Strümpfen, stand bereits auf der Schwelle zu seinem Zimmer. Alba folgte ihr knurrend. Hinter ihr eilten Vivienne und Dr. Zünd herbei.

«Wir erwarten Sie zur Konferenz, Herr von Wyl», sagte die junge, auch jetzt wieder rauchende Frau mit dem Bürstenhaarschnitt.

«Wozu?», fragte Dr. von Wyl. «Ich gehe jetzt, ich habe hier nichts mehr verloren. Ich kann gehen, wohin ich will.»

Vivienne zwinkerte mit den Augen. Was wollte sie ihm sagen? Dr. von Wyl verstand sie nicht. In der Hand von Dr. Zünd sah er die Pistole.

«Eben», sagte Dr. Zünd, «hier ist sie, meine Waffe, nur für den Hausgebrauch natürlich, das wissen Sie ja.»

«Schon recht, behalten Sie die nur», sagte die Polizistin. Dr. von Wyl staunte. Dr. Zünd genoss offenbar ihr vollstes Vertrauen.

«Dann kommen Sie besser gleich mit mir», sagte die Kommissarin zu Dr. von Wyl und lächelte, von ihrer Zigarettenspitze fiel Asche auf den Holzboden.

«Noch eine Frage, von Wyl: Einen Kondolenzbesuch bei Angelas Eltern haben Sie unterlassen, nie im Sinne gehabt, oder, von Wyl?»

«Das ist nicht meine Aufgabe, ich habe genügend anderes zu tun.» Dr. von Wyl wurde rot im Gesicht, er spürte, dass er diese Frau, die so unhöflich und respektlos mit ihm umging, hasste.

«Und Sara gibt es, von Wyl, oder ist sie eine Erfindung? Sie sind gut im Erfinden: Einen Unfall erfinden Sie, einen Mörder erfinden Sie, eine Freundin vielleicht auch.»

Dr. von Wyl schwieg verlegen, Dr. Zünd senkte die Augen, und Vivienne lachte und meinte bedeutungsvoll:

«Sara ist nicht seine erste und nicht seine letzte Liebe.»

«Wir gehen», sagte die Kommissarin. Doch Vivienne brauchte noch Zeit fürs Umkleiden. Sie entschied sich – Schorsch zuliebe, wie sie sagte – für die enge, schwarze Hose und den schwarzen, weitmaschigen Pullover. Alle vier brachen sie gemeinsam zur Fernsicht auf. Vor dem Haus hatten zwei Polizisten gewartet und begleiteten sie unauffällig. Der Abschied von Alba war Dr. von Wyl schwer gefallen, er hatte die Hündin lange hinter den Ohren gekrault.

Es war 19 Uhr und 30 Minuten. Laut schlugen die Kirchenglocken. Dr. von Wyl trug seine Reisetasche und den Arztkoffer. Er wusste, dass er nie mehr in dieses Haus zurückkehren würde, wo immer die Reise ihn heute Nacht auch hinführen sollte.

Der Saal, der Nebensaal und das Säli – die Türen waren ausgehängt worden – in der Fernsicht waren übervoll. Alle waren sie gekommen: Kinder, Betagte, Kranke, Lehrer, der Abwart, der Pfarrer, der Gemeindepräsident, Eltern, Bauern, Handwerker, Asylanten. Die meisten standen, nur die Kinder, die Behinderten, die Älteren und die Gebrechlichen sassen. Unter ihnen erkannte Dr. von Wyl auch Angelas Grosseltern. Scheinwerfer waren aufgestellt, Filmkameras surrten, Blitzlichter zuckten durch den Raum, Mikrofone wurden in die Höhe gestreckt, hingen von der Decke. Ventilatoren rotierten, um die Hitze zu mildern.

Vorne bei der Fensterreihe und unter dem Fahnenkasten

stand ein breiter Tisch und hier sassen nebeneinander zwei Polizisten, der zuständige Untersuchungsrichter, ein Statthalter, ein Bezirksanwalt und natürlich Holzer. Die Polizeikommissarin – die stark ausschwingende Türe in die Gaststube schlug bei ihrem Eintritt laut an einen Stuhl – wurde am Tisch von allen herzlich begrüsst. Sie setzte sich in die Mitte. Direkt gegenüber hatten sich die Journalisten, eine stattliche Zahl, eingerichtet. Vivienne, Dr. Zünd und Dr. von Wyl – letzterer wortlos, abweisend und mit gesenktem Kopf – hatten auf freigehaltenen Stühlen, flankiert von zwei Polizisten, ganz vorn Platz genommen. Als die drei mit ihrer Begleitung den Raum betreten hatten, war ein Raunen durch die offenbar schon seit geraumer Zeit Wartenden gegangen.

Es war heiss im Saal, das helle Licht der Filmlampen blendete. Fernsehkameras wurden durch den Raum geschoben. Scheinwerferlicht schmerzte die Augen.

Dr. von Wyls Lid zuckte. Viviennes Sonnenbrille hatte er in seiner Jackentasche versteckt. Sie sass nahe bei ihrem Mann, lehnte sich an ihn an. Ohne Einleitung begann das Verfahren.

Dr. von Wyl sah die Polizeikommissarin sprechen, doch er hörte die Worte der auch vor laufenden Kameras ununterbrochen Rauchenden nicht oder kaum, verstand nur Einzelheiten. Die grossen Zusammenhänge, die Beweisführung und die Gründe, die zu seiner Verhaftung führen sollten, begriff er nicht. Er spürte aber, und da täuschte er sich nicht, dass die Leute hier im Saal und in den Nebenräumen und die vielen Menschen, die draussen vor den Fenstern standen, und sicher auch die Fernsehzuschauer gegen ihn waren.

Von der Abscheulichkeit eines in der Geschichte des Landes einmaligen Gewaltverbrechens redete die Kommissarin, von einem der Tat dringend Verdächtigen ohne Alibi, aber mit einem Motiv, von der Obduktion einer Leiche, von einer tödlichen Injektion, von einem Rattengift, von Atropin, von Spurenverwischung, von Unfall, von Täuschung, von Mord und von einem zum Glück zu einem guten Ende gekommenen Verfahren.

«Und so hat sich Mosaikstein um Mosaikstein zusammenfügen lassen», schloss die Kommissarin, am Tisch sitzend, rauchend und triumphierend, «so sind wir auf den Mörder gestossen.»

Dr. von Wyl rann der Schweiss in Bächen von der Stirne. Nichts stimmt, gar nichts, dachte er. Wer wird mich vor der wild gewordenen Meute schützen? Denn im Saal war es unruhig geworden und vereinzelt hörte er Rufe: «Kindsmörder!»

Vivienne vermied den Blick in seine Richtung, und Dr. Zünd starrte geradeaus. Dr. von Wyl sass einsam mitten unter den vielen Leuten. Scheinwerfer, Fotoapparate und Filmkameras waren nur auf ihn gerichtet, Mikrofone wurden ihm entgegengestreckt.

Die Wirtin stellte eine grosse Mineralflasche vor die Kommissarin, während Holzer laut und eindringlich seinen nächtlichen, gefährlichen Einsatz im Wald erwähnte, der ihn zuerst auf die Spur des Mörders gebracht habe.

Dr. von Wyl erinnerte sich der singenden Kinder am Konzert, an das «Heil dir, oh Gott, oh Schöpfer Heil, aus deinem Wort entstand die Welt». Das hatte jetzt keine Gültigkeit mehr, denn aus der Anklagerede der Kommissarin musste er schliessen, dass kein Freispruch zu erwarten war. Aus Worten, dachte er, entstand nicht die Welt, sondern nur das Chaos und das Unrecht.

Die Polizeikommissarin sprach mit sich überschlagender Stimme. Die Ampullen des Todesgiftes seien in der Arztkitteltasche gefunden worden, der Mann habe kein Alibi für die

Mordzeit und die Mordnacht, seine Liebe zu Mädchen habe sich gerade heute wieder bestätigt, wenn der Mann nur könne, eile er zu den Mädchen, streichle deren Rücken und setze sich auf deren Matratzen, er schrecke nicht vor Sektenbesuchen zurück, der Mann sei berechnend, kalt, brutal, und wenn jemand, und das sei doch Beweis genug, stets Angelas Fotografie in seiner Hosentasche mit sich trage, sage das mehr über diesen Mann aus als tausend Indizien, auch habe der Mann unzählige Freundinnen, je jünger, desto lieber, und auch, man stelle sich vor, gleich nach der Abreise von Herrn Dr. Zünd ins Ausland habe sich der Verdächtige Frau Dr. Zünd auf unzweideutige Art genähert ...

«Und wer», schrie die Kommissarin in den Saal – sie holte zum letzten, vernichtenden Schlag aus – «vertuscht einen Mord und täuscht einen Unfall vor, und wer irrt sich in der Todeszeit, und wer verdächtigt Hilflose, Todkranke?»

Der Saal reagierte empört. Rufe der Zustimmung wurden laut: «Genau! Der ists! Nehmt in fest, den Sauhund!» Es wurde gepfiffen, gestampft, gegrölt.

Dr. von Wyl schaute nicht auf. Meinen die mich?, fragte er sich. «Ich habe nichts getan, ich bin unschuldig», doch er sagte es nur leise. Er wusste, dass sein Widerstand zwecklos geworden war. Der Tumult nahm zu, die Beweislage war erdrückend. Nicht in Ewigkeit kann ich Gott loben, dachte Dr. von Wyl, noch immer Haydns Musik im Kopf, sondern nur in Ewigkeit verdammen. Geblendet von unzähligen Blitzlichtern und Scheinwerfern schloss er die Augen. Noch immer zuckte sein Lid. Reporter schrien in die Mikrofone, Journalisten schrieben jedes Wort auf ihre Zettel.

«Das Motiv», rief die Polizeikommissarin in das aufgewühlte Publikum, «ist die Liebe, nichts anderes, eine perverse, zerstörerische, mörderische Liebe zu einem kleinen

Mädchen ... zu Beginn perfekt inszeniert ... am Ende kläglich gescheitert ...»

Als Dr. von Wyl sich erheben wollte, als er seine Verteidigung in die Hand nehmen wollte, erklären wollte, dass alles nicht wahr sei, als er sagen wollte: Ich bins nicht, dort sitzt der wahrhaftig Schuldige!, als er seinen Freund hätte verraten sollen, sagen wollte: Ich kanns gar nicht gewesen sein, Dr. Zünd ists, schrie die Frau:

«Und er hats schon gestanden. Als ich ihn fragte: Sind Sies gewesen?, hat er geantwortet: Ich bins! Das hat er geantwortet, genau das ...»

Schreie im Saal. Aufruhr. Einige stürmten nach vorn. Dr. von Wyl setzte sich, er hatte sich kaum vom Stuhl erhoben, wieder hin: Er gab sich geschlagen. Vielleicht war die Kommissarin im Recht, vielleicht war das nur die andere Wirklichkeit! Stumm sass er da. Mit den Fingern der rechten Hand versuchte er seine beidseitig zuckenden Augenlider zu beruhigen. Mit Widerwillen nahm er zur Kenntnis, dass die Bundfalten seiner Hose zerknittert waren. Und genau in diesem Moment fiel ihm der Name des Malers, des umbrischen, ein, welcher den Engel mit der Laute, der Angela zum Verwechseln ähnlich sah, im Chor der Kirche Santi Apostoli porträtiert hatte: Melozzo da Forlì.

«Es sind», sagte die Kommissarin, als die Polizeikräfte im Saal für Ruhe und Ordnung gesorgt hatten – sie sonnte sich sichtlich in ihrem Erfolg – «nur Indizien, das wissen wir, aber sie sind, glauben Sie mir, erdrückend und absolut beweisend.»

Dr. Zünd räusperte sich. Er starrte vor sich hin, scharrte mit den Füssen. Schwerfällig erhob er sich. Sein Gesicht war blass. Vivienne hielt seine Hand fest umklammert, auch als ihr Mann stand. Leise und wohl überlegt begann er zu sprechen. Bis in die Nebenräume war er zu hören, so deutlich –

wie vorbereitet, dachte Dr. von Wyl – sprach er. Und Dr. von Wyl hörte die Stimme seines Freundes aus weiter Ferne.

«Meine Damen und Herren, verehrte Gemeinde, Frau Vorsitzende, Herr Holzer, lieber Präsident, liebe Patienten.»

Es war still im Saal, nur das Summen der Ventilatoren war zu hören.

«Es ist leider üblich, sich auf die Täter zu stürzen, Vorverurteilungen und Urteil gleichzusetzen, sich nicht um die Opfer zu kümmern. Vieles, was gesagt wurde, stimmt, doch, ich muss es ganz offen bekennen, die Zusammenfügung der Teile ist falsch, das Verfahren ein Skandal und die Schlussfolgerung ein Irrtum.»

Ein Raunen ging durch die Zuhörerreihen. Die Fotoapparate, Fernseh- und Filmkameras wandten sich rasch Dr. Zünd zu. Dieser stand wie ein Felsen im Saal, während Dr. von Wyl, seinem Schweissausbruch kaum mehr Herr werdend, Taschentuch um Taschentuch brauchte, um sich Schläfe, Stirn und Nackenhaare zu trocknen. Die Polizeikommissarin lehnte sich rauchend in ihrem Stuhl zurück, während Holzer erregt aufgestanden war.

«Angela», fuhr Dr. Zünd mit klarer, eindringlicher Stimme fort, «war ein vom Tode gezeichnetes Mädchen, denn so wie ihre früher verstorbene Schwester Maria hatte sie, an einem unheilbaren Erbleiden erkrankt, nur noch wenige Monate zu leben. Sie wäre in ein fremdes Heim gekommen, an einen Ort, an den man nicht zum Leben, sondern zum Sterben hingeschickt wird.»

Es war so still im Saal, dass auch das verhaltenste Husten als Störung empfunden wurde. Die Kommissarin hatte sich von ihrem Stuhl erhoben. Viviennes Gesicht war von Tränen überströmt. Wie viel wusste sie? Dr. von Wyl, noch immer mit seinem Schweiss beschäftigt, versuchte den Worten von

Dr. Zünd, aus denen vielleicht doch noch eine neue Welt entstehen würde, zu folgen. Und während er zuhörte, fühlte er sich, geblendet von einer hell strahlenden Sonne, auf einer weiten, baumlosen Ebene stehen.

«Es geht nicht um Mord» – die Stimme Dr. Zünds erreichte ihn aus einer anderen Welt –, «verstehen Sie mich richtig, und es geht nicht um Liebe, sondern um die Humanität. Denn die Humanität muss jedes Leid – und Angelas Krankheit war schwerstes Leid; und wer, wenn nicht ein Arzt, kann das besser beurteilen? –, bekämpfen; mit allen – allen! – uns zur Verfügung stehenden Mitteln!»

Natürlich, dachte Dr. von Wyl, der Spruch an der Wand, genau: Das ist die Lösung. Er amtete tief aus und ein. «Ich bin», sagte er leise und nur zu sich selbst, «gerettet.» Und Angela hoch oben im Chor der Kirche Santi Apostoli lächelte ihm zu. Er sah die aufrecht stehende Gestalt seines Freundes, die weit aufgerissenen Augen der Kommissarin – ihr Zigarettenstummel lag auf dem Boden –, die verschwitzten Köpfe des stummen, staunenden Publikums, die Blitzlichter, die hin und her eilenden Reporter, Holzer über den Tisch gelehnt, er hörte die Kameras surren, die Ventilatoren, die Worte seines Freunds:

«– Bilsenkraut – spontane Eingebung – die Milchkanne – eingeschläfert – die Spritze – der Schlaf – ihr Wunsch – die Erlösung – der Transport – der Felsen – der Unfall – die Täuschung – mein Freund – schuldlos – meine Helferin – nein – niemand sonst – Angelas Wunsch – kein qualvolles Sterben – die Ampullen im Tresor – Leid lindern – Akt der Humanität – verstehen Sie – urteilen Sie – verurteilen Sie – humanes Sterben – Gesetzgebung – ich bin schuldig –»

In der allgemeinen Verwirrung, die im Saal ausgebrochen war, verliess Dr. von Wyl allein und ohne sich von jemandem zu verabschieden die Fernsicht.

Die letzten Worte seines Freundes, welche Dr. von Wyl, schon unter der Türe stehend, noch hörte, waren:

«Die Schuld trifft uns alle, die wir so schnell bereit waren, einen Unschuldigen zu verurteilen.»

Dr. von Wyl ging hinaus in die Nacht, allein.

Hell glänzte der Schnee im Mondlicht. Vor der Fernsicht war die Strasse mit Autos verstellt. Der Himmel glühte ganz tief im Westen noch immer. Auf einer Nebenstrasse warteten Taxis. In den Häusern des Dorfes brannten keine Lichter. Ein dunkelhäutiger Fahrer mit schneeweissen Zähnen öffnete die hintere Türe des Taxis.

«Zum Bahnhof, à la gare, ich muss noch den Intercityzug, the last train, erreichen», sagte Dr. von Wyl, «fahren Sie so schnell als möglich, c'est possible.» Dr. von Wyl lächelte, befreit, glücklich.

«Yes, ok, very good, as soon as possible, I understand. No police this night on the street, they're all over there.»

Und der junge Mann zeigte mit der Hand nach hinten. Doch Dr. von Wyl schaute nicht mehr zurück.

Er machte es sich im Fond bequem, zog Viviennes Sonnenbrille – unrechtmässig in meinem Besitz!, dachte er – an, und er lächelte sich im Rückspiegel zu.

«Very nice», sagte der Chauffeur und lachte.

Aus dem Radio hörten sie eine dringliche Mitteilung: Dramatische Wende im Fall Angela S. Der Landarzt Dr. George Zünd hat den Mord an Angela S. in diesem Moment gestanden.

«Please no radio», sagte Dr. von Wyl. Der Taxichauffeur stellte das Radio sofort ab.

Durch enge Kurven ging die Fahrt, durch tiefe Täler. Manchmal quietschten die Pneus. Die Strassen waren leer.

Blaues Licht in den Stuben der Häuser neben grauen Schneefeldern. Dr. von Wyl war müde, aber die frische Luft – das Fenster war zur Hälfte offen – liess ihn nicht einschlafen. Einmal hörte er in der Nähe das Gebimmel der Glöcklein von Schafen, sie erinnerten ihn an ein vor langer Zeit gehörtes Konzert, und einmal laut das Anschlagen eines Hundes. Niemand war unterwegs.

Ich freue mich auf Saras Umarmung, dachte Dr. von Wyl. Sara, da war er sich sicher, würde mit offenen Armen auf ihn zustürzen und, ohne ihn zu Wort kommen zu lassen, würde sie von Sirmione und dem grossen Thermalbad, der antiken Villenanlage und den Grotte di Catullo erzählen. Er aber, auf ihre Frage nach seinen Erlebnissen antwortend, würde schweigen.

Ich wünsche mir, liebe Sara, dachte Dr. von Wyl, der sich wegen der hohen Geschwindigkeit an der Nackenstütze des Chauffeurs festhalten musste, würde er sagen, nach Rom zu fahren, weisst du, in die vatikanische Pinakothek, um den musizierenden Engel mit den wässrig-blauen Augen von Melozzo wiederzusehen.

Warum willst du gerade diesen Engel sehen, würde Sara fragen.

Das ist eine lange Geschichte, würde er antworten. Wo soll ich nur beginnen? To the memory of an angel, würde er sagen. Dr. von Wyl hatte unvermittelt laut gesprochen, und der Fahrer, mit einem herzlichen Lachen im Gesicht, erwiderte:

«Oh, I know, à la mémoire d'un ange, the violin concert. Very, very nice.»

Und beide, Dr. von Wyl und der Taxichauffeur, summten die Melodie – wenn auch nicht im gleichen Rhythmus – vor sich hin.

An die verschiedenen Versprechen, die er heute Morgen gegeben hatte, versuchte er sich zu erinnern: Den Ort noch heute verlassen. Das hatte er erreicht. Sara noch heute umarmen. Das würde er erreichen. An das dritte Versprechen aber konnte er sich nicht mehr erinnern.

Also beginne endlich zu erzählen!, würde Sara Dr. von Wyl auffordern – denn dieser hatte das letzte Versprechen doch noch eingehalten – während beide im Chorgestühl unter der Kuppel der Kirche sitzen und den wässrig-blauen Himmel hoch über ihnen betrachten würden.

Langsam fuhren die roten Wagen der Bergbahn durch eine sanft abfallende Hügellandschaft.

Geschrieben in Zürich und Wolfhalden; 7.6.–23.7.1999

Alban Berg (1885–1935) komponierte – seine Arbeit an der Instrumentation der Oper Lulu unterbrechend – das in der Erzählung erwähnte Violinkonzert «A la mémoire d'un ange» 1935.

Die Textzitate aus Joseph Haydns «Die Schöpfung» stammen aus Miltons «Paradise lost», ins Deutsche übertragen von Baron Gottfried van Swieten.

Das Gedichtzitat auf Seite 55 stammt von J. Zahradnicek aus dem Zyklus «Heimkehr». (1931)

Titelbild: Melozzo da Forlì (1438–1494): Musizierender Engel (Ausschnitt), Vatikanische Museen.

Von Enrico Danieli ist im Appenzeller Verlag erschienen:

Enrico Danieli
Kalendergeschichten
208 Seiten
ISBN 3-85882-214-0

Kalendergeschichten: Der Titel tönt harmlos. Alles andere als harmlos sind aber Danielis Geschichten, jedem Kalendermonat eine zugeordnet. «Kalendergeschichten» ist ein Kalendarium des Lebens. Enrico Danieli erzählt vom Werden und vom Wachsen, vom Sein und vom Zweifeln, vom Verwelken und vom Sterben. Als Erzähler ist er in der hügeligen Landschaft des Appenzellerlandes unterwegs und macht Reales und Surreales des Alltagslebens zum literarischen Thema.